철백 新무협 판타지 소설

FANTASTIC ORIENTAL HEROES

대무사 3

철백 新무협 판타지 소설

초판 1쇄 찍은 날 § 2016년 1월 19일
초판 1쇄 펴낸 날 § 2016년 1월 26일

지은이 § 철백
펴낸이 § 서경석

편집책임 § 한준만

펴낸곳 § 도서출판 청어람
등록번호 § 제387-1999-000006호
등록일자 § 1999. 5. 31
어람번호 § 제2-2633호

주소 § 경기도 부천시 원미구 부일로 483번길 40 서경B/D 3F (우) 14640
전화 § 032-656-4452 팩스 § 032-656-4453
http://www.chungeoram.com
E-mail § chungeorambook@daum.net

ISBN 979-11-04-90608-4 04810
ISBN 979-11-04-90570-4 (세트)

철백 新무협 판타지 소설

FANTASTIC ORIENTAL HEROES

大武士

대무사

3

도서출판 청어람

大武士
대무사

目次

第一章
혈영재회(血影再會)

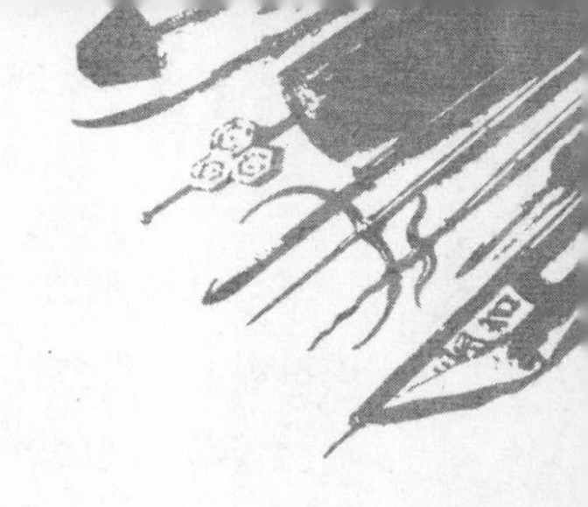

제아무리 얼굴을 면사로 가렸음에도 이신은 단번에 면사녀의 정체를 알아볼 수 있었다.

아니, 못 알아보는 게 오히려 이상했다.

무려 십여 년 동안이나 생사고락을 함께해 온 동료를 어찌 알아보지 못하겠는가?

그러나 그도 잠시, 이신은 은연중에 자신이 저지른 실수를 깨달았다.

'이런.'

자신은 더 이상 혈영대의 대주도 뭣도 아니다.

그러니 이제는 예전처럼 눈앞의 면사녀를 자신의 수하로서 대하면 안 되었다.

그것이 마교의 오대마종 중 하나인 빙마종의 당대 계승자인 그녀에 대한 예의였고 마땅한 도리였다.

혹여 그녀가 기분 나빠하지 않을까 싶었지만, 그런 이신의 우려는 한낱 기우에 불과했다.

휘이이잉—!

돌연 매서운 바람이 장내를 휘몰아쳤다. 그 사이로 눈꽃이 찬연히 피어올랐다.

다음 순간, 면사녀의 가냘픈 신형이 흩날리는 눈꽃 사이로 사라지는가 싶더니 어느새 이신의 앞에 도달해 있었다.

마치 천산 저 높은 곳에 부는 설풍을 부린다는 설녀(雪女)가 강림한 듯 화려하면서도 아름다운 신법.

빙마종의 절학 중 하나인 한령잠설보였다.

그렇게 이신과의 거리를 좁힌 면사녀는 돌연 한쪽 무릎을 굽히면서 부복했다.

그러더니 마치 옥구슬이 쟁반 위를 구르듯 청아한 음성으로 말했다.

"일조장 신수연, 주군을 뵙습니다."

인사와 함께 면사녀, 혈영대의 일조장 신수연은 쓰고 있던 면사를 벗었다.

그러자 면사 뒤에 가려져 있던 그녀의 얼굴이 온 천하에 드러났는데, 그 순간 주변이 환해지는 듯한 착각이 들었다.

마치 밤하늘의 달빛을 명장의 솜씨로 조각하면 저런 느낌일까?

차가우면서도 이지적인 느낌이 드는 그녀의 외모를 보고 있자니 경국지색이란 말은 마치 그녀를 위해서 존재하는 것처럼 느껴질 정도였다.

오죽하면 전투 중임에도 그녀의 모습을 본 유가장 무인들의 표정이 저도 모르게 멍해졌고, 심지어 같은 여자인 유세화마저 신수연에게서 쉬이 시선을 떼지 못했을까!

특히 얼핏 보면 멍해 보일 만큼 더없이 깊은 두 봉목은 보는 이의 혼을 절로 빨아들이는 마력이 있었다.

그런 그녀의 눈이 처음부터 지금까지 줄곧 이신에게 못 박은 듯 고정되어 있었지만, 정작 이신은 덤덤하기 그지없는 표정으로 그녀를 바라봤다.

"…자세한 건 나중에 물어보도록 하지."

어째서 아직까지 자신을 주군으로 여기는지부터 시작해서 당대 빙마종주인 그녀가 어찌 이곳에 있는지까지, 묻고 싶은 게 산더미 같았지만, 이신은 애써 그 모든 질문을 뒤로 미루었다.

지금 이렇게 한가하게 이야기나 나누고 있을 때가 아니었기 때문이다.

신수연이 고개를 끄덕이며 자리에서 일어났다.

그러고는 다시 면사를 뒤집어썼는데, 그제야 정신을 차린 유세화가 서둘러 이신에게 말했다.

"가, 가가, 저분은 대체 누구예요?"

신수연의 정체보다는 정확하게 그녀와 이신이 어떤 사이인지가 더 궁금했다.

어떻게 이신이 저런 절세미녀와 아는 사이일까?

거기다 신수연의 엄청난 미모에 놀라서 미처 반응하지 못했지만, 그녀는 분명 이신더러 주군이라고 호칭했다.

'도대체 가가는 지난 십여 년 동안 어디서 뭘 하고 온 거지?'

새삼 이신의 과거 행적에 대한 의문과 호기심이 막 샘솟는 가운데, 유세화의 물음에 대한 이신의 이어지는 대답은 맥 빠질 만큼 짧았다.

"동료."

"동료라고요?"

유세화는 저도 모르게 신수연 쪽을 바라봤다. 면사에 가려서 표정 등은 잘 보이지는 않지만, 대신 그녀의 몸이 가늘게 떨리는 게 보였다.

순간 유세화는 이신은 어떤지 몰라도 신수연이 그에게 품은 감정이 동료 그 이상이라는 걸 직감적으로 느꼈다.

소위 말하는 여자의 감!

이에 더욱 자세히 캐물으려고 했지만, 작금의 상황이 그것을 허락하지 않았다.

그때였다.

화르르르르르륵륵—!

갑자기 이신과 그녀의 사이를 갈라놓듯이 생겨난 검은 불꽃의 장벽! 불꽃은 삽시간에 유세화를 뒤덮어 버렸다.

이신은 서둘러 검을 휘둘렀지만, 불꽃이 갈라지기는커녕, 도리어 찐득한 아교처럼 검신에 착 달라붙었다.

'이건!'

이에 이신의 눈이 휘둥그레졌고, 삽시간에 검은 불꽃은 이내 검신을 넘어서 그의 신형마저 뒤덮었다.

"주군!"

신수연이 놀란 얼굴로 얼른 이신을 도우려고 했지만, 한바탕 요란스러운 굉음이 그녀의 발목을 붙잡았다.

와장창!

마치 유리 조각이 깨지는 듯한 음향!

그것은 좀 전에 신수연이 만든 얼음 기둥이 부서지는 소리였다.

그 말인즉슨, 그 안에 갇혀 있던 마물이 다시 세상 밖에 풀려났다는 소리!

만약 이를 무시하고 이신을 구하려고 했다간, 호미로 막을 일이 걷잡을 수 없이 커질 게 불 보듯 뻔했다.

"감히……!"

한 줄기 노성과 면사 밖으로 드러난 신수연의 두 눈에 짙푸른 안광이 폭사되었다.

빙마종의 절학인 한령빙마관(寒靈氷魔棺)을 깨트리는 것도 모자라서 다른 사람도 아닌 이신이 위험한 순간에 자신의 발목을 붙잡다니.

그것도 한낱 마물 따위가?

'용서할 수 없어!'

가만두지 않겠다는 신수연의 마음을 반영하듯 그간 그녀가 억누르고 있던 한령마기를 단숨에 개방되었다.

쩌저저정!

그러자 주변의 대기가 단숨에 얼어붙었고, 그도 모자라서 한령빙마관에 갇혀 있던 여파로 잠시 주춤하고 있던 환혼빙인의 몸 위로 다시 살얼음이 맺기 시작했다.

끼, 끼아아아아아악—!

이에 환혼빙인이 괴롭다는 듯 연신 귀곡성을 토해냈다.

극음의 기운으로 이루어진 환혼빙인이 괴로워할 정도의 한기라니.

얼핏 보면 모순되는 상황이었지만, 흔히 이독제독이라는 말이 있듯이 제아무리 동류의 기운이라고 하더라도 그 수준에는 명백한 차이가 존재하게 마련이었다.

실제로 심혼을 뒤흔드는 공능이 있는 환혼빙인의 귀곡성에도 신수연은 눈 하나 깜짝하지 않았다.

겨우 그 정도의 귀곡성 따위에 기혈이 들끓을 만큼 그녀의 수양이 얕지도 않거니와, 무엇보다 신수연의 공격은 아직 제대로 시작된 것도 아니었다.

휘이이이잉—

그 사실을 증명하듯 북풍한설을 연상케 하는 매서운 설풍과 함께 한 올, 한 올 위로 치솟는 신수연의 머리카락!

급기야 신수연의 머리카락은 한겨울의 눈처럼 은빛으로 물들기 시작했다. 빙검후라고 불리는 그녀의 진면목이 드디어 드러난 것이다.

이에 환혼빙인은 분명 이지를 상실했음에도 불구하고, 온몸을 부르르 떨어댔다.

제아무리 마물이라고 하지만 생존에 대한 본능이 없을 수 없을 터.

그런 본능이 환혼빙인의 귀에다 대고 속삭였다.

저 앞에 있는 인간, 아니 인간의 탈을 쓴 괴물은 위험하다고.

어서 빨리 도망쳐야 한다고.

하지만 미처 그 본능에 따르기도 전에 한 올도 남김없이 모든 머리카락이 은색으로 물든 신수연의 신형이 환혼빙인의 시야에서 홀연히 사라져 버렸다.

그리고,

푸욱—!

한 자루의 빙검이 예고 없이 그녀의 가슴팍을 꿰뚫고 튀어나왔다.

검 전체가 얼음으로 이루어진 그것은 얼핏 보면 수정처럼 아름다웠지만, 기실 그것은 한령마기의 정수이자 신수연이 빙검후라는 별호를 얻는 데 지대한 영향을 미친 한령빙마검(寒靈氷魔劍)이었다.

끼이이익…….

기존의 것과 달리 구슬프게 들리는 귀곡성과 함께 환혼빙인은 힘겹게 고개를 뒤로 돌렸다.

원래라면 몸채로 뒤돌아보고 싶었지만, 야금야금 그녀의 몸을 잠식하듯 덮쳐 오던 한기는 어느덧 목 아래까지 완전히 뒤덮었다.

졸지에 살아 있는 얼음 동상이 되어버린 환혼빙인의 눈에 차갑다 못해서 무정하게까지 느껴지는 눈매를 한 신수연의 모습이 들어왔다.

그야말로 빙검후라는 별호가 너무나 잘 어울리는 그녀의 모습을 바라보면서 환혼빙인은 순간 뭔가 말하려는 듯 입술을 달싹였지만, 끝내 소리가 되어서 입 밖으로 나오지 않았다.

그런 환혼빙인의 마지막을 끝까지 지켜본 신수연은 의아한 얼굴로 그녀가 채 남기지 못한 말을 대신 읊조렸다.

"고맙… 다고?"

대관절 무엇이 고맙다는 걸까?

그것도 자신의 목숨을 빼앗은 상대에게 대뜸 그런 말을 남기다니. 지금의 신수연으로서는, 아니, 어쩌면 앞으로도 영원히 이해할 수 없는 말이었다.

그렇게 이름 모를 비운의 소녀는 마물이 아닌 한 명의 인간으로서 최후를 맞이했다.

* * *

얼마나 정신을 잃었을까?

뭔가 자신을 애타게 부르는 듯한 느낌에 유세화는 감고 있던 눈을 억지로 떴다.

그러자 아무것도 없는 새하얀 공간이 그녀를 반겼다.

'여긴… 어디지?'

반쯤 정신이 덜 깬 상태일까?

유세화는 지금 이 상황이 꿈인지 현실인지 분간이 잘 안 되었다.

그렇게 당황하고 있는 그녀의 눈앞에 웬 고풍스러운 느낌의 제단 하나가 떡하니 솟아났다. 그리고 그녀가 뭐라고 하기도 전에 제단 위로 웬 새하얀 불꽃 하나가 저절로 피어오르기 시작했다.

그 불꽃을 보자마자 유세화의 뇌리에 떠오른 것은 뜻밖에도 이신의 얼굴이었다.

'가가…….'

왜일까?

신기하게도 저 새하얀 불꽃을 바라보면 볼수록 유세화는 자신의 마음 속 걱정이나 공포 등이 차분하게 가라앉는 것을 느꼈다.

마치 정인인 이신의 든든한 품에 안겨 있는 듯한 느낌.

그러한 체험은 실로 흔치 않은 것이었다.

그걸 조금이라도 더 느끼려고 애썼지만, 새하얀 불꽃은 처음의 기세가 무색할 만치 눈에 띄게 잦아들어 갔다.

급기야 모닥불 정도의 크기로 줄어들었을 때, 그 옆으로 마치 칠흑처럼 검은 불길이 치솟아 올랐다.

그 검은 불꽃을 목도하는 순간, 새하얀 불꽃과 달리 유세화는 가슴이 답답해지면서 잊고 있던 공포가 되살아나는 것을 느꼈다.

그와 동시에 한 줄기 음성이 유세화의 귓가, 아니 머릿속에 울려 퍼졌다.

[비틀린 성화(聖火)의 의지를 되돌려라! 우리의 딸이여!]

"아……!"

그리고 의문의 음성이 멎는 것과 동시에 순백의 공간이 와르르— 무너져 내렸다.

그 비현실적인 광경을 보고나서야 그녀는 비로소 지금 이 순간이 현실이 아닌 백일몽이라는 것을 자각했고, 그 순간 약속이라도 한 것처럼 그녀의 의식은 다시금 현실로 되돌아왔다.

* * *

"으음……!"

처음으로 백일몽을 꾼 여파일까?

유세화는 깨질 것처럼 아픈 머리를 붙잡고 연신 신음을 흘렸다.

'도대체 이게 무슨 일이지?'

생전 처음 겪는 일 앞에 유세화의 머릿속은 마치 누군가 마구 헤집어 놓은 듯 복잡했다.

하지만 마땅히 그에 대해서 의논할 상대도, 마땅한 조언도 들을 수 없는 상황.

그렇다 보니 유세화는 당장 이에 대해서 고민하기 보단 현재 자신의 상태에 대해서 보다 정확하게 파악하는 쪽으로 가닥을 잡았다.

그리고 그런 그녀의 앞에 검은 불꽃을 갑옷처럼 전신에 두르고 있는 여우 눈 사내가 보란 듯이 서 있었다.

'허억!'

순간 유세화는 숨 쉬는 것조차 잊을 만큼 깜짝 놀랐다.

마장의 부작용일까?

실핏줄이 거미줄을 돋아나서 얼굴의 절반을 뒤덮은 진백의 용모는 처음 장내에 등장했을 때와 달리 징그럽고 괴기스럽기 짝이 없었다.

어지간한 사내라도 간담이 철렁할 터.

평범한 여성인 유세화는 보자마자 등골이 오싹한 것을 넘어서 온몸에 소름이 돋았다.

그런 그녀를 향해서 진백은 실로 흉측하기 이를 데 없는 미소를 짓더니 묘한 열기를 머금은 눈으로 말했다.

"서, 성혈(聖血)을 이, 이어받은 시, 신녀시여! 크르륵! 부, 부족한 조, 종복이 신녀를 뵈, 뵙나이다……!"

"성혈? 아니, 그보다 신녀라니?"

유세화로서는 생전 처음 들어보는 단어의 연속이었다.

이에 그녀가 당황하자 진백은 짐승처럼 크르륵대는 울음소리를 대더니 유세화를 향해서 불쑥 오른손을 슥— 내밀었다.

그러자 그의 장심에서 비롯된 무형의 흡인력이 유세화의 몸을 문어의 빨판처럼 빨아들이기 시작했다.

일신에 그저 호신하는 수준의 무공밖에 익히지 않은 유세화로선 거기에 대항할 방책이 있을 리 만무했고, 그대로 속절없이 진백의 손에 끌려가나 싶을 때였다.

부우우우욱—!

마치 비단천이 찢어지는 듯한 음향과 함께 유세화의 몸이 다시금 자유를 되찾았다.

하지만 유세화는 미처 중심을 못 잡고 휘청거렸고, 때마침 그런 그녀의 가녀린 허리를 안정적으로 떠받치는 손길이 있었다.

"아아……!"

겨우 중심을 되찾은 유세화의 눈이 커졌고, 그녀의 얼굴은 복숭앗빛으로 붉게 물들었다. 하지만 수줍어하는 모습과 달리 그녀는 자신의 허리를 붙잡은 손길을 뿌리치진 않았다.

손길의 주인.

그는 다름 아닌 이신이었으니까.

"가가!"

유세화가 감격한 표정으로 이신을 바라봤다.

하마터면 진백에게 무력하게 끌려갈 뻔 했는데, 이신이 때마침 나타나서 막아줬기 때문이다.

그뿐만이 아니었다.

만약 유세화가 아닌 무공에 대한 식견이 높은 이가 좀 전의 광경을 봤다면, 경악을 금치 못했을 것이다.

이신은 눈에 보이지 않은 무형지기를 검으로 베어버렸다. 그것도 단순히 벤 것을 넘어서 무형지기 자체를 소멸시키는 기염을 토해냈다.

이는 상대의 무형지기를 감지하는 것을 넘어서 내력 고유의 흐름 자체를 파악해서 단번에 베지 않으면 불가능한 일이었다.

그런 대단한 일을 가능케 했음에도 이신은 실로 무덤덤한 얼굴로 정면을 응시했다.

"진백……."

"크르르르륵……!"

이신의 부름에 진백은 맹수처럼 괴성을 내뱉었다.

이에 살짝 눈살을 찌푸리는 것도 잠시, 이신의 시선은 이신의 시선은 진백의 오른쪽 가슴팍으로 향했다.

분명 태청강기를 머금은 운검의 검에 심장이 꿰뚫렸을 터인데, 언제 그랬냐는 양 상처는 말끔하게 새 살로 메꿔져 있었다.

상식에서 벗어나는 비정상적인 회복력. 거기다 좀 전에 이신이 몸소 경험한 무지막지한 무형지기까지.

지금까지 주어진 정보와 단서를 토대로 이신은 직감적으로 깨달았다.

진백이 익힌 무공, 전륜갑이 어떠한 종류의 무공인지를.

'천마불사강기(天魔不死罡氣)!'

인세의 재앙이라 불리는 천살성(天殺星)의 특징을 연구해서 만들어낸 유일무이한 불사의 마공!

그 천마불사강기와 진백의 전륜갑은 여러 부분에서 흡사했다. 아니, 흡사한 차원을 넘어서 아예 천마불사강기를 통째로 모방하려는 흔적이 역력했다.

하지만 아류의 한계일까?

암화공을 기반으로 펼치는 전륜갑은 원본에 비해서 불완전하기 그지없었다. 그러니 일부러 마장에 빠지는 등의 위험한 짓거리를 동반한 것이리라.

신기한 것은 그럼에도 진백은 아직까지 일말의 이성은 유지하고 있다는 사실이었다.

'배교의 술법, 그중 정신을 보호하는 것을 익힌 건가?'

자신의 분신마저 만들어낼 정도로 해괴막측한 것이 배교의 술법이다. 하니 인간의 정신을 다루는 것도 찾아보면 한두 개

정도는 있을 것이다.

대충 그리 여기면서 이신은 진백을 향해서 똑바로 짓쳐 들어갔다.

너무나도 정직하기 그지없는 그 움직임을 비웃으면서 진백이 섬전처럼 주먹을 내질렀지만, 예상 밖에도 그의 일권은 허무하게 허공만 갈랐다.

공격이 격중한다 싶은 순간, 이신의 신형이 갑자기 둘로 나뉘어졌기 때문이다.

거기서 그치지 않고 둘로 나뉜 신형은 다시 둘로 나뉘었고, 그 과정이 수차례 반복되었다. 삽시간에 눈앞을 어지럽히는 수십 개의 잔상 앞에 진백의 눈살이 절로 찌푸려졌다.

"크르륵, 잔재주를—!!"

잔상이 너무 빠르게 나타났다가 사라지길 반복해서 그중 누가 진짜 이신인지 분간하기란 여간 어려운 일이 아닐 수 없었다.

때문에 진백은 일일이 잔상 사이에 숨은 이신을 찾는 수고를 하는 대신, 다른 방도를 택했다.

콰광! 화르르르르르륵—!

진백의 주먹이 대지에 꽂힘과 동시에 화산의 용암처럼 분출되는 검은 불꽃!

그러자 그간 진백의 눈을 어지럽히던 잔상은 검은 불길에 휩싸여서 순식간에 사라져 버렸다.

순간 득의 어린 표정을 짓는 것도 잠시, 진백은 언제 그랬냐는 듯 표정이 굳어졌다.

기껏 전력을 다한 공격으로 잔상까지 없앴거늘, 어찌 된 일인지 정작 그 사이에 있어야 할 이신의 시체가 보이지 않았기 때문이다.

진백이 당황하면서 주변을 두리번거리는 사이, 그의 등 뒤에서 신형 하나가 그림자처럼 조용히 나타났다.

그와 동시에 묵빛의 검광이 번뜩였다.

촤촤촤촤악—!

이신의 검은 몇 번인지 셀 수 없을 만큼 빠르게 진백의 몸을 훑고 지나갔다.

그 솜씨는 그야말로 전광석화!

하지만 공격을 끝냈음에도 이신의 표정은 그리 밝지 않았다.

'섬뢰가 안 통해?'

지금의 공격은 지난날 진백의 분신을 처참하게 난도질했던 바로 그 초식이었다.

비록 내력이 제약된 상태였지만, 충분히 진백의 육신을 베어 넘기기엔 충분하리라 여겼다.

그렇지만 현실은 이신의 생각과 달랐다.

마치 아무 일도 없었다는 듯 태평한 얼굴로 서 있는 진백의 모습이 그것을 증명했다.

'아니, 이건 저쪽이 아니라 내 쪽의 문제인가?'

본래 섭뢰는 무지막지한 내력을 바탕으로 펼쳐야 되는 초식이었지만, 아까 전 검은 불길을 떨쳐 내느라 이신은 그나마 남아 있던 내력마저 소진하고 말았다.

그게 섭뢰가 통하지 않은 결정적인 이유였다.

또한 애써 억눌러놨던 무형지독이 몸 안에서 활개를 치는 게 느껴졌다.

내력의 부족과 극독에 의한 중독 상태.

둘 중 어느 것 하나 만만하지 않아서 이신은 내심 쓴웃음을 머금었다.

'이럴 줄 알았으면 그 아이의 치료는 나중으로 미룰 걸 그랬나?'

마의의 손녀, 구양소소.

그녀의 구음절맥을 고치기 위해서 이신은 하루 종일 매달렸고, 그 결과 무려 배화륜 일곱 개를 동시에 돌리는 만행을 저지르고 말았다.

사실 대별산에서 무한까지의 이동이 제아무리 강행군이라지만, 그쯤이야 얼마든지 소화할 수 있는 체력이 이신에게는 있었다.

그럼에도 그가 내력의 사용에 제약이 온 것은 다름 아니라 구양소소의 치료에 전심전력으로 내공을 쏟아 부었기 때문이다.

굳이 그렇게까지 할 필요가 있었나 싶지만, 덕분에 까다로운 마의의 마음을 완전히 사로잡을 수 있었다.

자신이 조금 불편한 것만 감수해서 마의라는 인재를 얻었으니 손해라고 볼 수 없었다. 오히려 이득이었다.

그렇기에 후회는 하지 않는다.

다만 아쉬울 뿐이다. 지금 당장 사용할 수 있는 내력이 제한되어 있다는 사실이…….

"크르르륵!"

그런 이신의 사정을 꿰뚫어보듯 진백은 연신 공격을 퍼부어 댔다.

사방을 불태우는 검은 불길!

그때마다 이신은 혈영보를 펼쳐서 아슬아슬하게 피할 뿐, 반격은 일절 자제했다.

진백의 검은 불꽃은 상대의 몸에 붙으면 순식간에 전신으로 확 번지는 것도 모자라서 어지간해선 쉬이 꺼지지도 않았다.

그만큼 위험하다고 판단하기에 피하기만 할 뿐, 반격은 꿈도 꿀 수 없었다.

하지만 이신의 표정은 생각보다 급박하지 않았다.

오히려 그의 눈은 뭔가를 기다리는 기색이 역력했다.

'제아무리 마장의 부작용을 최소화했다고 한들, 결국 마장은 마장일 뿐이다. 어떤 식으로든 시간이 지날수록 파탄이 드러날 수밖에 없지.'

이신이 그리 생각한 것은 단순한 지레짐작이 아니었다.

아무리 개량했다지만 암화공은 암화공. 그보다 상위의 마공인 배화구륜공을 익힌 이신이기에 보였다.

진백의 개량된 암화공은 천마불사강기를 모방하고자 여러 가지를 덧붙여 놨다. 그것이 본래 암화공이 가지고 있던 균형을 깨트리고 말았다.

원래라면 당장에라도 단전의 기운이 폭주해서 그의 몸을 불살라야 마땅할 터.

어찌 된 일인지 불완전하게나마 균형을 유지하고 있는 게 신기할 따름이었지만, 그것도 어디까지나 시간문제였다.

제아무리 모종의 수단으로 그것으로 막고 있다지만, 이신이 보기에 지금 진백의 상태는 언제 터져도 전혀 이상할 것 없는 화약고나 다를 바 없었다.

거기서 파탄의 조짐을 엿보았고, 때문에 확신하게 되었다.

이 싸움, 시간을 지배하는 자가 이긴다.

진백은 마장의 파탄에 저절로 무너지기 전에, 그리고 이신은 무형지독의 독기가 온몸에 완전히 퍼지기 전에 상대를 쓰러뜨리지 않으면 안 된다.

그렇게 이신이 냉정하게 상황을 판단하는 사이, 진백이 말했다.

"크르르륵! 스, 슬슬 장난을 끄, 끝내도록 하지!"

"장난?"

자신과의 싸움이 한낱 장난이라고?

어디서 나온 자신감인가 싶어 물어보려는데, 전혀 예상치 못한 광경이 펼쳐졌다.

퍽!

돌연 진백은 자신의 주먹으로 천령개를 내려쳤다.

천령개는 달리 말해서 백회혈(百會穴), 그곳이 부서지면 뇌가 박살 나니 사실상 자살이나 마찬가지였다.

마장의 광증에 아예 이성을 상실하기라도 한 걸까?

하지만 그것이 단순한 미친 짓이 아니라는 사실이 곧 증명되었다.

"크아아아아아악!"

짐승처럼 울부짖음과 동시에 진백의 몸을 감싸던 검은 불길이 맹렬한 기세로 불타올랐다. 이윽고 진백의 모습은 불길에 먹히듯 완전히 사라져 버렸다.

그리고 원래 그가 서 있던 자리에는 검은 불꽃의 거인이 한껏 기지개를 피면서 장내를 굽어봤다.

[크크크큭! 이것이 성화의 힘! 본교가 잃어버린 힘의 일부란 말인가? 정말 대단하구나!]

자신의 힘에 도취된 듯한 검은 불꽃의 거인, 진백의 말은 빈 말이 아니었다.

조금 전까지만 해도 마장의 광증에 사로잡혀서 제대로 말조차 못하던 것과 달리 지금 그의 발음이 또박또박해서 정상인과 별다를 게 없었다.

거기에 가만히 서 있기만 해도 반경 일 장을 단숨에 잿더미로 만들 정도의 열기라니!

정말 이것이 암화공만으로 빚어낸 기적이란 말인가?

아니다.

이신은 직감적으로 그것뿐만이 아니라는 것을 깨달았다.

'성화!'

그간 불완전한 암화공을 그럭저럭 안정화시킨 것도, 진백에게 저런 역천의 힘을 안겨준 것도 전부 성화라는 존재였다.

방금 전 진백이 자신의 천령개를 부순 것도 바로 그 성화를 완전히 개방하기 위한 전초 단계였던 것이다.

'도대체 성화가 뭐길래?'

이신이 배교에 대해서 아는 거라고는 기껏해야 예전에 멸문한 마도세력이라는 것 정도였다.

그러니 성화가 구체적으로 무엇을 뜻하는 건지 알 길이 없었다.

'모르는 건 나중에. 일단 공격을…….'

뇌리의 의문을 접고, 다시금 수중의 영호검을 곧추세우려고 할 때였다.

"성화라고?"

진백의 말에 유세화가 돌연 그리 반응했다.

마치 뭔가 알기라도 하는 듯.

좀 전에 그녀가 꾼 백일몽에 대해서 알 턱이 없기에 이신이 의아한 시선을 보내려고 하는 찰나, 뾰족한 외침이 들려왔다.

"주군!"

막 환혼빙인을 처리하고 돌아온 신수연의 경호성!

거기에 담긴 뜻을 채 파악하기도 전에 이신의 발밑에서 미세한 진동이 일어났다.

쿠과과과과광!!

대지의 분노를 연상케 하는 폭발!

그와 함께 용암처럼 솟아오르는 검은 불길의 기둥 속에 이신의 모습이 사라졌다.

"가가!"

그 모습에 놀란 유세화가 외마디 비명과 함께 달려가려고 하지만, 신수연이 그녀의 앞길을 막았다.

"비키세요! 가가가, 가가가……!"

"지금 누가 누굴 걱정하는지 모르겠군요."

"…네?"

너무나 차가운 신수연의 음성 때문일까?

순간 유세화는 찬물을 끼얹은 듯 머리끝까지 차올랐던 흥분이 가라앉는 것을 느꼈다.

그런 와중에 신수연의 말이 계속되었다.

"만약 당신이 저 불길에 뛰어들었다가 다치기라도 한다면? 그럼 가장 곤란한 사람이 누구일 거라고 생각하죠?"

"그건……."

유세화의 말문이 막혔다. 그도 그럴 것이 신수연의 질문을 듣자마자 그녀의 뇌리에 떠오른 것은 다름 아닌 이신의 얼굴이었으니까.

"알았다면 그냥 잠자코 있어요. 하물며……."

활활 타오르던 흑염이 갑자기 주춤했다.

그리고 점점 바람의 촛불처럼 흔들거리나 싶더니, 삽시간에 사방으로 번지지면서 흑염을 집어삼키는 백열의 불길!

그 사이로 보이기 시작하는 이신을 바라보면서 신수연은 마저 말했다.

"그는 겨우 저런 미지근한 불 따위에 당할 남자가 아니니까."

그리고 그녀의 말이 끝남과 동시에 백색의 불길을 휘날리면서 이신이 움직였다.

진백은 작금의 상황을 이해할 수 없었다.

어째서 자신의 불길이 이신에게 통하지 않은 것인가?

이건 성화의 은총을 거부한 자를 불태우는 연옥(煉獄)의 불꽃이 아니던가.

더욱이 이신은 과거 신녀를 저버리고 마교에 투신한 배신자의 후예!

당연히 진정한 교도의 상징인 연옥의 불길에 속수무책으로 당해야 마땅하거늘. 어찌 역으로 이쪽을 압도한다는 말인가?

이해할 수 없는 일은 그뿐만이 아니었다.

화르르륵! 서걱!

백열의 검광이 번뜩임과 동시에 검은 불꽃으로 이루어진 자신의 육체에 그대로 전해지는 고통!

진백이 짜증스러운 눈빛으로 바라보니 왼쪽 어깨에 큼지막한 검상이 선명하게 남겨져 있었다.

물론 이미 그 외에도 진백의 몸은 수없이 많은 상처로 도배되어 있었다. 모두 이신의 검이 남긴 잔재들이었다.

'전륜갑이… 어째서!'

성화로 인해서 한층 더 견고해진 전륜갑의 방호력이 이토록 허무할 정도로 무너진 건 둘째 치고, 상처의 회복이 더디다는 게 가장 큰 충격이었다.

앞서 마공의 천적이라 일컬어지는 현문정종(玄門正宗)의 무공인 운검의 태청강기에 당한 치명상마저 눈 깜짝할 새에 회복했던 전륜갑이다.

한데 어찌 지금은 이신의 공격에 이리도 맥을 못 춘단 말인가!

좀 전까지만 하더라도 자신의 육신을 건드리는 것조차 못한 이신이기에 진백의 혼란은 더없이 깊어져만 갔다. 그런 그의 귓가로 이신의 나지막한 음성이 들려왔다.

"아직도 뭐가 뭔지 모르는 건가? 보기보다 아둔한 자로군."

[크르르륵! 네 이놈, 이신……!!]

겉으론 이신의 말에 욱한 것처럼 보였지만, 실상 이 순간 진백의 머리는 그 어느 때보다 빠르게 회전하고 있었다.

분명 조금 전만 하더라도 내력의 사용이 제한되고, 무형지독의 독기에 신음하던 이신이다.

그런 그가 이토록 판이하게 달라진 움직임과 공격을 선보인다는 것 자체가 이미 그러한 제약으로부터 자유로워졌다는 명백한 증거.

'어떻게?'

어찌하여 그런 일이 가능한 것일까?

앞서 정황과 주어진 단서들을 토대로 판단한 끝에 마침내 진백은 하나의 해답에 도달했다.

[서, 설마……!]

진백의 두 눈에 경악이 들어찼다. 광기 어린 미소를 짓던 입가에 두려움이 번졌다.

[흡수… 한 것이냐? 성화의 은총을 받은 이, 이 연옥의 불길을!]

진백의 경악 어린 외침에 이신은 아무런 대답도 하지 않지만, 그것만으로도 충분한 대답이 된 듯 검은 불꽃 뒤에 가려진 진백의 얼굴이 한껏 일그러졌다.

[바, 바보 같은! 그, 그런 무모한 짓이 실제로 가능할 리가……!]

물론 이론적으로 완전 말도 안 되는 일은 아니었다.

제아무리 변형되고 원형과 다른 운용법을 보인다지만, 진백이 사용하는 내공의 본질은 암화공의 틀에서 크게 벗어나지 않았다.

거기다 본디 암화공은 배화구륜공을 모태로 하는 마공.

즉, 배화구륜공보다 하위의 마공이란 의미였다.

그리고 먹고 먹히는 먹이사슬과도 같은 마도의 생리는 비단 사람에게만 국한된 게 아니었다.

약육강식의 법칙은 사람만이 아닌 그 사람이 익힌 마공에까지 영향을 미친다.

즉, 약한 마공은 그보다 강한 마공에 복속되는 것이다.

그러나 상식적으로 봤을 때, 제아무리 마공 간에 존재하는 상명하복의 법칙을 통해서 흡수한다 치더라도 그것을 단시간에 온전히 자신의 것으로 만든다는 것은 현실적으로 불가능한 일이었다.

전문적으로 타인의 정혈을 흡수하는 흡성대법(吸成大法)과 같은 채기법(債氣法)조차 그러할 진데, 하물며 순수한 마공도 아닌 배화공으로 어찌 그런 일이 가능하겠는가?

더욱이 진백이 사용 중인 개량된 암화공은 원래의 그것과는 다른 별개의 것이었다.

거기다 성화의 은총마저 받고 있기에 그것을 임의대로 이용한다는 건 사실상 불가능한 일이다.

하지만 그러한 상식을 이신은 보란 듯이 깨트려 버렸다.

덕분에 해답을 내놓았음에도 진백의 혼란은 해소되기는커녕 더욱 깊어지기만 할 따름이었다.

그런 그를 보면서 이신은 내심 쓴웃음을 머금었다.

'나 역시 이런 일이 가능할 줄은 몰랐었지.'

이신이 진백의 기운을 흡수한 것은 어디까지나 즉흥적으로 떠올린 임기응변에 불과했다.

그럼에도 이런 말도 안 되는 일이 가능했던 것은 뜻밖에도 배화륜 덕분이었다.

처음 진백의 불꽃을 흡수하여 그것을 조심스레 단전 안에 녹아내려는 순간, 가만히 있던 일곱 개의 배화륜이 돌연 이신의 의지와 상관없이 멋대로 반응했다.

순식간에 진백의 불길을 심장 쪽으로 도인하더니 이윽고 너무나 당연하다는 듯 제 스스로 회전하더니 진백의 불길을 정제하기 시작했다. 마치 흙탕물을 다시금 맑은 물로 깨끗이 정화하는 것처럼.

그뿐만이 아니었다.

배화륜은 이신의 체내에 퍼졌던 무형지독 역시 흡수하여 남김없이 불태워 버렸다.

그것도 모자라서 정제한 불길을 사지 백해로 골고루 퍼뜨려서 연신 삐걱대는 이신의 기혈을 부드럽게 어루만지기 시작했다.

그 모든 과정은 이신조차 지금껏 경험한 적 없는 배화륜의 숨겨진 공능이었다.

그 덕에 이신은 거듭된 무리로 인해서 혹사당한 기혈을 빠른 속도로 안정화시킬 수 있었고, 지금껏 족쇄와도 같던 무형지독의 독기로부터 완전히 해방될 수 있었다.

미처 예상치 못한 우연이자 쾌거였다. 전화위복(轉禍爲福)이란 말은 이럴 때 써야 맞으리라.

하지만 이신은 이 모든 게 그냥 단순한 우연이라고 여기지 않았다.

'성화.'

분명 그것이 작금의 사태의 원인이었다.

진백이 성화를 개방하기 전까지만 하더라도 그가 마구 뿌려대는 흑염에는 일절 반응조차 하지 않던 배화륜이 아니던가?

역으로 생각해 보자면 배화륜이 절로 반응할 만큼의 뭔가가 성화에 있다고 봐야 할 터.

정확한 전모를 파악하기 위해서라도 필히 진백의 신병을 확보해야 한다 생각할 때였다.

[암혼대(暗魂隊) 전원에게 알린다! 지금 당장 이신을 공격하라!]

갑자기 진백이 장내가 떠나갈 듯 큰 소리로 외쳤다.

그러자 지금까지 연무장의 입구를 틀어막고 칼부림하던 복면인들이 일제히 하던 걸 중단하고, 곧바로 연무장 위로 우르르 달려왔다.

반대로 진백은 뒤로 한 걸음 물러났다.

그걸 본 이신의 눈살이 절로 찌푸려졌지만, 진백은 전혀 신경 쓰지 않았다.

'정면 승부로는 무리다!'

제아무리 성화의 은총을 받았다고 하지만, 천하의 혈영사신을 상대로 승리를 자신하는 건 바보나 할 짓이다.

거기다 슬슬 성화의 은총도 다해간다는 게 어렴풋이 느껴졌다.

그간 면면부절 끊임없이 이어지던 내력의 흐름이 슬슬 삐거덕거리기 시작하는 게 그 전조였다.

그렇다면 여기서 무의미하게 이신을 상대로 시간을 탕진할 바에야 차라리 소기의 목적이라도 달성하는 게 현명할 터.

그렇게 진백이 수하들에게 이신을 맡기고, 유세화를 향해서 내달리려고 할 때였다.

휘리리릭―!

때아닌 한 줄기 돌풍이 장내에 강림했다.

그리고 그 거친 바람이 조금 잦아지나 싶을 때, 한 줄기 신형이 섬전처럼 움직였다.

퍼버버버벅―!

"으아아아아악!"

"커어어억!"

이윽고 소나기처럼 터져 나오는 격타음!

그와 함께 이신을 향해서 내달리던 암혼대의 무인들이 겨우 십여 명만 남긴 채 태반이 바닥에 널브러졌다. 쓰러진 그들 중 움직이는 자는 단 한 명도 없었다.

그렇듯 동료들이 맥없이 당하는 모습에 남은 암혼대 무인들은 주춤할 수밖에 없었고, 그런 그들 앞에 웬 화려한 옷차림의 청년이 보란 듯이 나타났다.

"고작 이 정도 실력으로 주군을 방해하려고 하다니. 이거 참. 어이가 없구만."

싸늘한 어조로 말하는 청년, 유월의 말에 지켜보던 진백은 기가 막힌다는 표정을 감추지 못했다.

암혼대의 무위는 최소 일류에서 최대 절정에 달하는 수준이었다.

앞서 이신과 싸운 규염은 기껏해야 중간 정도의 실력에 불과하다 볼 수 있으니, 이만하면 어지간한 중소문파 하나쯤은 반나절 만에 무너뜨릴 수 있는 전력이었다.

한데 그런 그들이 이신도 아니고, 저깟 듣도 보도 못한 기생오라비 같은 놈에게 허무하게 당하고 말다니!

'도대체 저놈은 뭐란 말인가!'

그런 그의 의문에 답하듯 때마침 이신이 말했다.

"역시 너였구나, 이조장."

이미 그의 존재를 알고 있었다는 듯한 이신의 말에 유월, 아니 혈영대 이조장 소유붕은 언제 싸늘한 표정을 지었냐는 듯 해맑게 웃으면서 부복했다.

"이조장 소유붕, 주군을 뵙습니다. 그간 강녕하셨는지요?"

이 와중에도 예를 차리려는 그의 모습에 이신은 그만두라는 듯 손사래를 쳤다.

"됐고, 일단 작금의 상황부터 정리하도록 하지."

"충!"

힘차게 대답하고 일어서는 소유붕의 얼굴은 순식간에 다시 싸늘해졌다. 조금 전까지 이신을 향해서 공손하던 것과 너무나 대조적이었다,

흡사 사람 그 자체가 바뀐 것 같은 그의 변화는 소유붕의 별호에 들어가는 천변(千變)이라는 말이 어디서 유래되었는지를 단적으로 보여주는 듯했다.

그렇게 소유붕이 남은 암혼대 무인들을 상대로 날뛰기 시작하자 안 그래도 급한 진백의 마음이 더욱 조급해졌다.

'제길, 일이 이런 식으로 꼬이다닛!'

당장에라도 수하들의 피해를 줄이고 싶은 마음은 굴뚝같았지만, 그럴 만한 여유가 진백에게는 없었다.

어느 틈엔가 이신이 그의 앞을 보란 듯이 막아서고 있었기 때문이다.

정확하게 유세화와 진백 사이의 딱 중간 지점이었다.

[크으으으, 이시이이이이이이이이인! 네 이노오오오오옴!]

끝까지 자신을 방해하는 이신의 모습에 분노한 것일까?

진백의 이성이 한계에 다다랐다.

그때 속에서 뭔가 뚝 끊기는 소리가 들려왔다.

그것은 지금까지 간신히 유지하고 있던 이성의 끈이 끊어지는 소리였다.

다음 순간 진백은 미친 듯이 바닥을 박차며 쇄도했다.

카카카카카캉!

두 사람의 주먹이 허공에서 연속해서 부딪쳤다.

피륙 간의 충돌임에도 정작 중인들의 귀에 들리는 것은 마치 단단한 쇠끼리 부딪치는 듯한 소음이었다.

순식간에 십여 초를 나눈 두 사람이 뒤로 떨어졌다.

호흡을 가다듬을 새도 없이 이신의 주먹에는 백열의 광채가, 진백의 손에는 칠흑 같은 불길이 물들었다.

그 상태서 두 사람은 다시 맞붙었다.

흑과 백의 대결!

흑백의 두 빛이 동시에 충돌하자 일순 중인들은 세상이 흑과 백으로 양분된 듯한 광경에 놀라 도저히 입을 다물 수가 없었다.

그리고.

꽈아아앙!

지축을 뒤흔들며 폭음이 장내를 휩쓸었다.

뭉게뭉게 피어오른 먼지구름 사이로 한 치의 물러섬도 없이 맞붙어 있는 이신과 진백.

중인들은 그것만 봐서는 누가 우세한지 알 수 없어 얼굴에 긴장한 표정이 역력했다.

그도 그럴 것이 지금 이곳에 자리한 자들 중 이신과 진백의 싸움을 제대로 볼 수 있는 자는 단 두 명뿐이었으니.

그리고 그 두 사람, 신수연과 소유봉은 지금 겉보기에는 이신과 진백이 백중지세 같아 보이지만, 실상은 진백이 미세하게 뒤로 밀리고 있음을 어렵지 않게 알아보았다.

그가 갑옷처럼 두르고 있는 흑염이 꺼지기 직전의 촛불처럼 흔들거리는 게 그 증거였다.

그럼에도 진백은 멈추지 않고 계속 쉼 없이 주먹을 날려댔다.

무슨 일이 있더라도 반드시 이신의 몸에 한 방이라도 공격을 격중시키고야 말겠다는 집념과 의지가 고스란히 느꼈다.

그 모습이 애처롭고 짠하게 보일 법도 하련만, 정작 이신은 일말의 감정도 느껴지지 않는 무심한 눈으로 일장을 날렸다.

쾅!

"크윽!"

마침내 내부가 진탕한 듯 진백이 괴로운 신음성을 토해냈다.

이로 인한 고통으로 진백은 일순 주춤하였고, 그 틈을 놓치지 않고 이신은 지금껏 뽑지 않았던 허리춤의 영호검을 빠르게 발검했다.

스으으으응—!

검날과 검집이 마찰하면서 자아내는 청명한 쇳소리.

그리 크지도 않은 그 소리가 울리는 순간, 장내의 모든 이들의 이목이 약속이라도 한 듯 일제히 이신에게로 집중되었다.

그렇게 모두가 주목하는 가운데, 이신은 완전히 뽑아 든 영호검을 아래로 내리그었다.

쇄아아아아악—!

한 줄기 시원한 바람 소리!

번쩍!

그 뒤를 이어서 중인들의 시력을 일순간 앗아갈 만큼 강렬한 묵빛 검광이 반월 모양으로 쏟아졌다.

이에 진백은 얼른 반격하려고 했지만, 뒤늦게 항시 그의 몸을 빠짐없이 감싸던 흑염이 어느새 흔적도 없이 사라졌음을 깨달았다.

'성화가……!'

서걱!

그리고 메마른 절삭음이 울려 퍼지는 순간, 이신과 진백의 위치는 서로 뒤바뀌어 있었다.

장내를 가득 채우는 무거운 정적.

그 정적을 처음으로 깨트린 것은 진백이었다.

"…이게 뭐지?"

진백의 물음에 이신은 의외로 순순히 답했다.

"심형살검식."

과거 영호검주를 대표하던 절학이었으나, 정작 중요한 상승 구결이 실전되는 바람에 이신이 숱한 실전을 겪으면서 깨달은 자신만의 심득으로 새로이 완성한 실전검학의 정수였다.

"…그렇군. 그럼 그때 그것도……?"

처음 그가 분신체로 이신의 앞에 나섰을 때, 그를 완전히 끝장낸 것도 물론 심형살검식이었다.

정확히는 제일초식 섬뢰였지만, 굳이 거기까지 설명할 필요는 없기에 이신은 그저 한번 고개를 끄덕이는 것으로 대답을 대신했다.

진백이 허탈하게 웃었다.

'한 번도 아니고 두 번이나…….'

참으로 얄궂은 악연이었다.

하지만 이제부터는 다를 것이다.

비록 그는 실패했지만, 곧 그보다 강한 자들이 그녀를 데려가기 위해 올 테니까.

"그땐 아무리 네놈이 강하다 해도 결국 처참하게 죽고 말겠지. 과연 언제까지 네놈이 그녀를 지킬 수 있을지 궁금하군."

"궁금하면 지옥에서 지켜봐."

이신이 서서히 죽어가는 진백을 차가운 눈빛으로 노려보며 말했다.

"내 여자를 건드리면 어떻게 되는지."

"……!"

그것은 경고였다.

흐릿해져 가는 시야로 이신의 눈빛을 본 진백은 온몸의 솜털이 쭈뼛 서는 듯한 소름을 느꼈다.

이신의 눈빛은 이렇게 말하고 있었다.

위험한 건 내가 아니라 오히려 네놈들이다.

…라고.

그리고 그것이 그의 생전 마지막 기억이었다.

第二章

조사(調査)

안휘성의 성도 합비.

그곳의 북단에는 반백년에 가까운 세월 동안 사람의 손으로 일구어진 밀림이 존재한다.

수십 개의 건물이 이어지고 연결된 거대한 전각군의 위용은 확실히 보는 이로 하여금 광활한 대림을 연상할 수밖에 없게 만들었으니 틀린 말이 아니다.

그리고 어떤 이들에게 이곳은 하나의 거대한 관문이자 넘어설 수 없는 벽이기도 했다.

때문에 사람들은 합비의 북단에 위치한 전각군의 밀림을

가리켜서 이리 말한다.

지난 정마대전에서 마교로부터 중원을 지켜낸 정파무림의 대표이자 상징, 무림맹(武林盟)이라고.

전각군의 가장 깊숙한 심처에 위치한 맹주전.

그 주위를 품(品) 자로 감싸고 있는 세 채의 전각 중 한 곳으로 한 마리의 전서구가 날아들었다.

잠시 후, 전각의 최상층에 자리한 집무실로 한 명의 젊은 문사가 들어섰다.

"각주, 지급(至急)으로 온 전서입니다."

"거기 아무 데나 놔두고 가도록."

지급이라고 했음에도 온갖 서류와 종이로 뒤덮인 산 뒤에서 뭔가를 골똘히 살펴보고 있는 청수한 외모의 중년 문사는 시선조차 주지 않은 채 말했다.

이에 기분 나쁠 만도 하건만, 젊은 문사는 익숙하다는 듯 다시금 말했다.

"각주께서 직접 확인하셔야 할 내용입니다."

이에 중년 문사, 무림맹의 총사이자 무림 전역에 퍼져 있는 무림맹의 눈, 신안각(神眼閣)의 정보망을 총괄하는 신안각주 제갈용연은 처음으로 종이에서 시선을 뗐다.

"등급은?"

다소 뜬금없는 제갈용연의 물음에 문사는 막힘없이 답했다.

"천(天)급입니다."

"천급이라."

제갈용연의 미간이 찌푸려졌다.

전국 각지에서 신안각에 전해지는 전서는 총 세 개의 등급으로 나뉘는데, 가장 낮은 순서대로 각각 인(人), 지(地), 천(天)으로 명명된다.

그중 천급의 전서는 지금껏 등재된 사례가 드물 만큼 희귀했지만, 대신 그 위험도는 단연코 높다고 할 수 있었다.

그도 그럴 게 가장 최근에 신안각에 전해진 천급 전서는 무려 그 정마대전의 시발점인 곤륜파의 봉문 소식이었으니까.

그 사실을 잘 알기에 젊은 문사는 전서의 등급을 확인하자마자 곧장 신안각주 제갈용연을 찾아온 것이었다.

제갈용연도 지금까지와 달리 진지한 얼굴로 전서를 받아 들면서 말했다.

"전서의 발신처는?"

"호북의 무한 지부입니다."

"무한?"

전서를 막 살피려던 제갈용연이 흠칫하면서 멈췄다.

무한이라니.

그곳은 구대문파 중 하나인 무당파, 그리고 제갈용연 자신의 가문인 제갈세가의 영역이 아니던가?

그런 곳에서 천급 전서를 보낼 만큼의 사건이 일어나다니.

'도대체 무슨 일이 일어났기에……'

궁금증을 뒤로한 채 제갈용연은 마저 전서를 읽어나갔다.

전서의 내용을 읽으면 읽을수록 제갈용연의 표정은 실로 다채롭다 싶을 정도로 변화를 반복했다.

그러다,

화르르륵—!

제갈용연의 손에 들려 있던 전서에서 갑자기 불길이 일더니 순식간에 새까만 잿더미로 화했다. 내공의 화후가 무려 일 갑자 이상이여만 사용할 수 있다는 삼매진화(三昧眞火)였다.

전서를 파기하기 무섭게 제갈용연은 대기 중이던 젊은 문사에게 말했다.

"지금 즉시 맹호대주(猛虎隊主)를 소환하도록."

"존명!"

젊은 문사는 속히 제갈용연의 명을 받들었다.

그리고 정확히 한 시진 뒤, 사나운 호랑이 문양이 새겨진 깃발을 앞세운 한 무리의 무인들이 서둘러 무림맹의 총단을 떠났다.

*　　*　　*

유가장과 금와방, 양 측의 모든 것을 걸고 벌어진 생사결이 끝난 지도 어언 나흘째.

시간이 꽤 흐른 지금까지도 사람들이 모인 자리에서는 어김없이 그날 대연무장에서 있었던 일들에 대한 이야기가 끊이지 않았다.

소문의 신성, 풍파신검 이신의 정체가 대대로 유가장의 가주를 지키는 수신호위인 영호검주였다는 것부터 시작해서, 금와방주가 실은 가짜였고 심지어 그가 무한 지부에 모여든 양민을 상대로 대학살을 벌였다는 등등…….

얼핏 들어도 같은 날에 벌어졌다고 하기엔 너무 굵직굵직한 사건의 연속이었다.

거기다 마냥 헛소문으로 치부할 수도 없는 것이 실제로 이번 일 때문에 죽은 사람들의 숫자만 해도 자그마치 수십 명에 달했다.

개중에는 중소방파 수장이나 그 측근도 몇몇 포함되어 있었기에 무림맹 무한 지부는 그와 관련된 뒤처리에 골머리를 앓고 있었다.

지부 한복판에서 사건이 벌어져서이기도 하지만, 애당초 백검대주 악무호가 생사결의 공증인 겸 중재자를 맡았기에 피할 수 없는 운명이었다.

하지만 그건 그리 중요한 게 아니었다.

정작 무한 지부를 난처하게 한 것은 따로 있었다.

환혼빙인.

정마대전 때 마교를 상대로 천사련 소속의 구양세가에서 선보인 비장의 한 수이자 지금까지도 인구에 회자되는 유명한 마물이다.

그리고 비무장 위에 버젓이 남아 있던 한 소녀의 시신이 바로 그 환혼빙인이라는 사실이 밝혀지는 순간, 무한 지부 전체가 발칵 뒤집어졌다.

해서 지금 무한 지부에는 극비리에 천사련의 사자가 방문한 상태였다.

"우리와는 관계없는 일이다."

냉막한 인상의 매부리코 노인은 딱 잘라서 말했다.

북망광검(北邙狂劍) 냉이상.

천사련의 수석장로이자 수뇌부 서열로 따지자면 열 손가락 안에 꼽히는 거물이었다.

냉이상의 단호한 부정에 무한 지부장 문태승은 난색을 표하며 말했다.

"아니, 지금 누구의 잘못이냐 아니냐를 따지려는 게 아닙니다, 냉 장로. 중요한 것은 그쪽의 환혼빙인이 어찌하여 이곳 무한에 나타났냐는 겁니다. 몰래 빼돌릴 수 있을 만큼 귀련의 관리가 허술한 것도 아니지 않습니까?"

애당초 마교의 고루강시에 대항해서 나온 게 환혼빙인이란 마물이었다.

때문에 정마대전 당시에도 천사련주의 재가 없이는 함부로 사용하는 것조차 금할 만큼 환혼빙인에 대한 관리는 철저했다.

문태승의 지적에 냉이상은 끼고 있는 팔짱을 풀지 않은 채 고개를 끄덕였다.

"그건 인정한다."

처음으로 나온 냉이상의 긍정에 문태승은 서둘러 말을 이었다.

"그렇다면 결국 천사련 내부 사람과 공모해서 누군가가 이번 일을 꾸몄다고밖에는……."

"그래도 우리와는 관계없다."

하지만 이어지려는 문태승의 말을 중간에 뚝 자르면서 냉이상은 다시 처음에 했던 부정을 되풀이했다. 거듭되는 그의 부정에 문태승도 더는 가만히 있을 수 없었다.

쾅!

자단목으로 만들어진 탁자가 일순 들썩였다.

그와 함께 급격히 싸늘해진 분위기 속에서 문태승이 자리에서 일어난 채로 버럭 외쳤다.

"이보시오, 냉 장로! 당신은 지금 이게 장난인 줄 아시오? 다른 것도 아닌 환혼빙인이요! 그 정도의 마물이 댁들도 모르게 유출되었다? 그 말을 어느 누가 믿는단 말이요. 행여 이 사실이 외부에 알려지기라도 한다면… 어찌 될지 정녕 그쪽에서는 모르는 게요?"

"……"

문태승의 말은 괜한 소리가 아니었다.

그의 말마따나 만일 환혼빙인이 외부로 유출되었다는 말이 전 무림에 퍼지기라도 했다간, 그날로 천사련에 대한 비난이나 원성이 끊이지 않을 것이다.

어쩌면 천사련의 존속 자체에 이의를 제기하는 자도 나올지 모른다.

현재 무림맹이나 천사련 할 것 없이 지난 정마대전에 의한 피해를 회복하기 위해서라도 다른 어느 때보다 내치에 더 힘써야 할 때였다.

그런 만큼 그와 같은 구설수에 오르는 건 천사련 입장에서도 가급적 피해야 옳았다.

그런 사실을 냉이상 정도의 인물이 모를 리 없을 터!

하나 문태승의 협박에도 냉이상은 눈 하나 깜짝하지 않았다. 오히려 그는 문태승의 눈을 똑바로 마주치면서 말했다.

"다시 한 번 말하지. 이번 일과 본 련은 아무런 관계가 없다."

"이익……!"

결국 다시 논점은 제자리로 돌아왔다.

대체 의논할 생각이 있긴 한 건지 의심스러울 만큼 비협조적인 냉이상의 태도에 문태승은 속에서 열불이 터지는 듯했다.

이에 한마디 더 하려는 찰나, 뜻밖에도 이번에는 냉이상이 먼저 말했다.

"정마대전이 끝난 이후, 현재까지 본 련에서 관리 중인 환혼빙인의 숫자는 총 열다섯 구다."

"…그게 어쨌다는 거요?"

문태승의 반문은 아랑곳하지 않고, 냉이상은 자기 할 말만 계속 이어나갔다.

"그리고 어제 련주의 명에 따라서 확인해 본 결과, 분실된 환혼빙인은 단 한 구도 없었다."

"뭣……!"

순간 문태승의 눈이 찢어질 듯 커졌다.

이게 무슨 소리인가?

천사련에서 관리 중인 환혼빙인 중 분실된 것이 하나도 없다니.

그럼 지금 무한 지부에서 보관 중인 환혼빙인의 시체는 도대체 무엇이란 말인가?

"…설마?"

문득 문태승이 뭔가 깨달은 듯한 얼굴로 뇌까렸다.

그러자 따로 이야기를 나누지 않았음에도 냉이상은 고개를 끄덕이며 말했다.

"본 련의 환혼빙인이 아니다."

"역시……!"

그제야 문태승은 아까 전부터 냉이상이 초지일관하게 주장했던 게 무슨 의미인지 확실히 깨달았다.

냉이상의 말 그대로 이번 일과 천사련은 아무 관련이 없었다. 오히려 억울한 누명을 썼다고 봐야 했다.

"그럼 본 지부에 있는 환혼빙인은……?"

문태승이 조심스레 묻자, 냉이상은 단언하듯 말했다.

"필시 본 련이 아닌 다른 곳에서 만들어진 환혼빙인이겠지. 정확히는 정마대전 이후에."

"으음……!"

문태승은 저도 모르게 침음을 흘렸다.

정마대전 이후에 천사련이 아닌 제삼의 단체에서 만들어진 환혼빙인이라니.

냉이상의 말이 사실이라면, 이건 결코 그냥 넘겨서는 안 될 일이었다.

문태승은 서둘러 냉이상에게 말했다.

“도대체 그런 짓을 할 수 있는 곳이 어디란 말입니까?”

“그 이상은 나도 모른다. 안 그래도 이번 일 때문에 지금 본련에서도 난리니까.”

그 말을 끝으로 냉이상은 입을 다물었다. 마치 더 이상은 자신에게 아무것도 묻지 말라는 것처럼.

사실상 그에게서 이 이상의 정보는 나오지도 않을 듯해서 문태승도 더는 뭐라고 하지 않았다. 대신 그의 머리는 그 여느 때보다 빠르게 회전했다.

‘천사련이 아니라면 어쩌면 구양세가가 단독으로 벌인 짓일지도 모른다.’

대외적으로 더는 환혼빙인을 만들지 않겠다고 만인 앞에서 천명한 구양세가였지만, 자고로 열 길 물속은 알아도 사람 속은 모른다고 하지 않던가?

절대로 그들이 이번 일과 관련 없다고 단정 지을 수는 없었다. 오히려 제일 먼저 용의선상에 둬야 마땅했다.

‘총단에 전서를 보내길 잘했군.’

문태승은 어디까지나 지부장에 불과했다.

이런 일은 항시 지부의 일에 얽매여 있는 그보다는 그 분야의 제대로 된 전문가에게 맡겨야 옳았다.

'부디 무사히 해결되어야 할 텐데……'

그렇게 앞으로의 일을 슬그머니 걱정하고 있을 때였다.

"한 가지 묻고 싶은 게 있다."

냉이상의 갑작스러운 물음에 문태승은 눈을 동그랗게 떴다.

원체 묻는 말에 단답형으로 대답하기만 하던 냉이상이기에 그가 먼저 자신에게 뭔가 묻는다는 것 자체가 내심 신기하게 여겨졌기 때문이다.

들리는 소문에 의하면 그는 검술을 제외하면 매사에 지나칠 정도로 무관심했다. 그의 별호가 북망광검인 것도 그 때문이었다.

그렇다면 도법을 장기로 하는 문태승 개인에 대한 질문은 결코 아닐 터.

그렇기에 문태승은 선뜻 고개를 끄덕였다.

"네, 말씀하십시오."

문태승의 허락이 떨어지기 무섭게 냉이상은 그 어느 때보다 생기 가득한 눈으로 말했다.

"풍파신검, 그자에 대해서 알고 싶다."

그것은 먹잇감을 노리는 맹수의 눈이었다.

* * *

"주군은 강한 분이에요."

신수연의 단호한 대답에 유세화는 순간 어찌 반응해야 할지 모르겠다는 표정을 지었다.

—가가를 어떻게 생각하세요?

생사결이 있었던 바로 그날.

소란 중에도 이신에 대한 신수연의 마음이 심상치 않음을 한눈에 꿰뚫어본 유세화였다.

그래도 혹시나 하는 마음에 그간은 아무 말 않고 쭉 지켜만 보다가, 모처럼 단둘이 있게 된 지금에서야 겨우 던진 질문이었다.

한데 신수연의 대답은 전혀 예상 밖이었다.

'내가 잘못 느낀 건가?'

지금 대답만 가지고 봤을 때, 이신에 대한 신수연의 마음은 이성 간의 연정이라기보다는 오히려 동경의 대상을 바라보는 쪽에 가까운 느낌이었다.

'아니야. 절대 그럴 리 없어.'

유세화가 그리 판단하는 데에는 다 그만한 이유가 있었다.

생사결이 끝나고 나서 그녀는 당분간 유가장이 아닌 이곳 운중장에서 머물기로 했다.

가짜 금와방주 진백 등이 궁극적으로 노렸던 게 다름 아닌 그녀라는 사실과 객관적으로 봤을 때 암중 세력으로부터 그녀를 지킬 수 있는 사람은 사실상 이신밖에 없다는 이유 때문이었다.

그리하여 뜻하지 않게 두 사람이 한 지붕 아래서 지낸 지 어언 사흘째가 되었으나, 의외로 두 사람의 관계는 진전될 기미가 좀체 보이지 않았다.

그건 바로 신수연 때문이었다.

그녀는 뭔가 이신과 유세화 사이에 오붓한 분위기가 조성되려고 하면, 마치 기다린 듯 나타나서 분위기를 깨버리기 일쑤였다.

그렇다고 해서 그녀더러 이신과 단둘이 있게 자리를 비켜 달라고 하기도 뭐했던 터라 유세화는 아무 얘기도 못 하고 냉가슴만 앓아 왔다.

그렇기에 유세화는 결코 이신에 대한 신수연의 마음이 단순한 동경이 아니라고 확신하고 있었다.

이에 거짓말인지 아닌지 확인하고자 신수연의 신색을 살폈지만, 원체 신수연이 무표정한 터라 겉으로 봐서는 그녀의 속내를 파악하기 어려웠다.

도리어 신수연이 유세화의 신색을 통해서 뭔가 알아낸 듯 말했다.

"저와 주군이 어떤 사이인지 알고 싶나요?"

"네? 아, 그, 그게……."

너무 한 번에 훅 들어와서일까?

유세화는 일순 저도 모르게 말문이 막혀 버렸다.

하지만 당황하는 것도 잠시, 유세화는 곧 마음을 고쳐 먹었다. 어차피 자신의 생각을 들킨 마당이니 차라리 이참에 솔직하게 나가기로.

"…네. 그래요. 솔직히 정확하게 두 분이 어떤 사이인지 알고 싶어요."

솔직한 유세화의 말에 이제까지 무표정하던 신수연의 입꼬리가 처음으로 살짝 올라갔다.

"유감스럽게도 우린 아무 사이도 아니에요. 그냥 동료일 뿐이죠."

"동료……."

처음 이신에게 둘 사이에 대해서 물었을 때도 이와 비슷한 대답을 들었다.

하지만 유세화는 두 사람의 대답이 서로 비슷한 듯 다른 의미라는 것을 은연중에 깨달았다.

여자로서의 감도 있지만, 뭣보다도 한순간 신수연의 입가에 떠올랐다가 사라진 씁쓸한 미소 때문이었다.

결국 유세화는 더는 참지 못하고, 지금껏 가장 묻고 싶었던 질문을 입 밖으로 내뱉고 말았다.

"…역시 신 소저는 가가를 좋아하시는 거죠?"

단도직입적인 물음.

처음 이신을 어떻게 생각하느냐고 질문할 때와 달리 이번에는 비교적 쉽게 말이 나왔다.

그런 자신의 변화를 미처 인지하지 못한 채 유세화는 진지한 얼굴로 신수연의 대답만 기다렸다.

그렇게 얼마의 침묵이 흘렀을까.

신수연은 나지막이 한숨을 내쉬면서 말했다.

"후우. 역시 완전히 숨기긴 어렵네요. 네, 맞아요. 전 주군을 좋아해요. 아니, 사랑해요."

"……!"

"왜 제가 이리 솔직하게 말하는 건지 궁금하시겠죠?"

끄덕—

굳이 자신에게 솔직하게 말해서 신수연에게 득이 될 일은 없었다. 오히려 자신의 견제를 받을 수도 있으니 득보단 실이 더 크다고 봐야 했다.

하지만 신수연은 전혀 후회하지 않는다는 얼굴로 말했다.

"당신은 그분께서 유일하게 사랑하고 아끼는 사람이에요. 그런 당신 앞에서 차마 입에 발린 거짓말을 하고 싶진 않았어요."

진심 어린 신수연의 말에 유세화는 순간 웃어야 할지 말아야 할지 고민되었다.

그녀가 자신을 이신의 연인으로 인정해 준다는 것은 일단 고맙지만, 그와 별개로 이신에 대한 마음을 거두지 않겠다는 의지 또한 느껴졌기 때문이다.

오히려 이것은 선전포고에 가까웠다.

앞으로 이신과의 사랑을 놓고 그녀와 정정당당하게 겨루겠다는 선전포고 말이다.

그래도 유세화는 어쩐지 그리 말하는 신수연이 크게 밉지 않았다.

'이 사람은 정말로 가가를 사랑하는구나.'

같은 사람을 사랑한다는 동질감.

모순되게도 그것이 유세화로 하여금 신수연에 대한 적개심을 적잖이 누그러뜨렸다.

그래서일까?

유세화는 대뜸 손을 내밀면서 말했다.

"지지 않을 거예요."

자신의 선전포고에 대한 유세화의 당당한 대답 앞에 신수연은 일순 멍한 표정을 지었다가, 이내 배시시 웃었다.

'우와!'

유세화는 속으로 저도 모르게 탄성을 내지르고 말았다.

안 그래도 경국지색의 외모인 그녀가 저리 웃으니까 눈이 다 부실 정도였다.

거기다 얼음을 조각한 듯 시종일관 차갑게 느껴졌던 그녀의 얼굴에 미소가 떠오르자 그 순간만은 마치 다채롭고 풍부한 소녀의 그것을 연상케 했다.

어쩌면 이것이야말로 그녀의 진실한 모습은 아닐까 하는 생각이 들 만큼 자연스럽기도 했고.

때마침 이 자리에 이신이 없다는 사실에 유세화는 몰래 안도의 한숨을 내쉬었다.

그런 유세화의 놀라움을 아는지 모르는지 신수연은 유세화의 손을 덥석 마주잡으면서 말했다.

"앞으로 잘 부탁해요, 언니."

"…언니?"

그 순간, 유세화의 얼굴이 저도 모르게 굳어졌다.

빙마검후 신수연.

올해 그녀의 나이는 스물다섯. 공교롭게도 유세화보다 세 살은 더 어렸다.

그제야 유세화는 자신이 뭔가 크게 실수했음을 깨달았지만, 이미 엎어진 물이었다.

*　　*　　*

그 시각, 이신은 홀로 인근 산 중턱에 서 있었다.

평소와 달리 낯빛이 어두운 그의 앞에는 웬 봉분 하나가 봉긋 솟아 있었다.

그간 관리를 잘한 듯 봉분을 뒤덮는 흙은 촉촉하고, 풀들은 적당히 자라나 있어 딱히 뽑을 필요를 못 느꼈다.

거기에 생각보다 무덤의 위치가 양지바른 곳이라서 나름 명당이라고 할 만했다.

그렇게 봉분 주변을 살피던 이신은 곧 가지고 온 화주를 있는 대로 다 부어버린 뒤, 봉분 옆에 세워진 묘비 앞에다 향을 피웠다.

피어오르는 뿌연 연기 사이로 묘비에 새겨진 글씨들이 보였다.

정천무관 제일대관주 이극렬지묘(正天武館 第一代館主 李極烈之墓).

봉분의 정체는 바로 양부 이극렬의 묘였다.

자그마치 십오 년 만에 아버지의 무덤을 찾은 이신의 감회는 실로 남달랐다.

"오랜만입니다. 그간 잘 지내셨지요?"

마치 살아 있는 아버지에게 말하듯 이신은 덤덤하게 인사를 건넸다.

그러자 불어오는 바람에 봉분의 풀이 잠깐이나마 흔들렸다. 마치 이신의 인사에 화답하는 것처럼.

덕분에 이신은 피식 웃으면서 말을 이어나갔다.

"괜한 걸 물었군요. 아버지가 어떤 분이신데. 오히려 저보다 잘 지내셨겠지요."

그러고는 지금까지 있었던 일들을 하나둘씩 말하기 시작했다.

무한을 떠난 뒤, 우연히 염마종주 종리찬의 제자가 된 것부터 시작해서 혈영대의 힘들고 괴로운 훈련과 임무, 그리고 피비린내 나는 정마대전까지…….

이런 이야기는 지금까지 누구 앞에서 한 적이 없던 이신이었지만 아버지 이극렬 앞에서라면 얼마든지 할 수 있었다.

비록 피는 안 이어졌지만, 그 이상으로 끈끈하다고 자부할 수 있는 부자지간이었으니까.

비록 한때 이신의 방황으로 인해서 둘 사이가 크게 틀어진 적도 있지만, 그래도 천륜(天倫)을 끊을 수는 없는 일.

굳이 신수연에게 유세화를 맡긴 채 이곳을 찾아온 것도 뒤늦게나마 자식 된 도리를 다하기 위함이었다.

그렇게 언제까지고 계속될 것 같던 이신의 넋두리는 해가 저물어서 사위가 어두워질 때쯤에서야 비로소 멈추었다. 향불은 진작 꺼진 뒤였다.

기나긴 넋두리를 마친 이신의 표정은 한결 개운해 보였다.

때때로 여인들이 다른 이들과의 수다로 그간에 겪은 짜증과 피로를 푼다는 말을 듣긴 했지만, 실제로 이 정도까지 효험이 있을 줄은 미처 몰랐다.

하지만 그것만으로는 부족했던 모양이다.

개운해 보였던 것도 잠시, 이신의 얼굴은 금방 다시 어두워졌다.

'성화, 그리고 신녀라…….'

이번 일을 겪은 뒤로 줄곧 그의 뇌리에서 떠나지 않는 두 단어였다. 덧붙여서 지금 그의 얼굴이 드리운 그늘의 원흉이기도 했다.

'분명 둘 다 배교를 상징하는 거라고 사부한테 듣긴 했다. 한데 그 신녀의 후예가 화매라니.'

정확한 내막은 좀 더 조사해 봐야겠지만, 어찌 됐든 이 사실이 외부에 알려져선 절대로 안 되었다.

만약 이 사실이 알려진다면 그 즉시 유가장은 정파의 배신자, 혹은 마교의 잔당이라는 명목으로 배척당하고 말 테니까.

그리된다면 이신이 상대해야 할 것은 비단 배교의 잔당으로 국한되지 않고, 무림맹을 비롯한 정파 무림 전체가 될지도 모른다.

순간 진백이 죽기 전에 했던 말이 뇌리를 스치고 지나갔다.

"그땐 아무리 네놈이 강하다 해도 결국 처참하게 죽고 말겠지. 과연 언제까지 네놈이 그녀를 지킬 수 있을지 궁금하군."

당시에는 단순히 진백이 속한 조직의 고수들이 찾아오는 정도로 받아들였지만, 이제는 그보다 더 심각한 상황이 되었음을 인정하지 않을 수 없었다.

거기에 유세화가 꿨다는 백일몽에 관한 이야기를 듣는 순간, 이신은 직감했다.

앞으로 지금보다 더한 위기가 수없이 찾아올 것임을. 지난날 겪었던 정마대전 이상으로 가혹한 위기가.

하지만 유세화에게는 굳이 그 사실을 밝히지 않았다.

그녀에게 쓸데없는 걱정을 하게 만들고 싶지도 않았지만, 일단 그런 불명확한 것보다 적에 대한 정보부터 확실히 알아야 한다는 생각 때문이었다.

자고로 눈앞의 창칼보다 등 뒤에서 날아오는 화살이 더 무서운 법.

아무것도 모르는 상태에서 무작정 적과 부딪치는 건 어리석은 짓이었다.

'또 하나, 성화에 대한 것도 어떻게든 알아내야 한다.'

끼릭— 끼리릭—!

평소와 다를 바 없이 몸 안에 울려 퍼지는 톱니바퀴의 소리를 들으면서 이신은 살짝 눈살을 찌푸렸다.

진백이 개방한 성화의 영향으로 이신의 배화륜은 여태껏 보여준 적이 없는 공능을 선보였다.

무형지독을 해독하는 것도 모자라서 암화공의 기운을 자신의 것으로 만들다니.

그 후로 어떻게든 다시 그것을 재현하려고 했지만, 어째서인지 마음먹은 대로 되지 않았다.

혹시나 싶어 시도한 지금도 안 되기는 매한가지였다.

"후우!"

한숨과 함께 이신은 배화공의 운기를 멈추었다.

내력이 원활하게 몸 안 곳곳을 휘돌고, 배화륜 역시 평소와 다를 바 없이 반응한다는 것만 확인한 꼴이었다.

결국 모든 것의 단초는 성화에 있었다.

그 사실을 깨닫는 순간, 그간 지지부진했던 팔륜의 단계에 오를 돌파구가 있을지도 모른다는 예감 역시 강하게 들었다.

그렇기에 이신은 진백이 속한 조직의 전모를 하루 빨리 파악해야 한다고 생각했다.

유세화를 위해서, 혹은 자기 자신을 위해서 말이다.

'이미 손은 써뒀다.'

이윽고 이신의 시선이 저 멀리 늦은 시각에도 환히 불을 밝히고 있는 무한 시내로 향했다.

개중 유독 화려하기 그지없는 홍등가의 불빛을 보고 있자니 한 사내의 모습이 떠올랐고, 동시에 이신의 입꼬리도 살짝 올라갔다.

'간만에 보겠군. 천변호리의 실력을.'

그 미소는 오랫동안 알아온 동료에게 보내는 신뢰의 미소였다.

* * *

무한 시내 한가운데 위치한 장원.

시끌벅적한 주변과 달리 어두침침하고 조용한 게 마치 이곳만 별세계인 듯했다.

금와방.

장원의 현판에 걸린 글씨는 한때 무한의 상계를 좌지우지하였으나, 사흘 전의 변고를 기점으로 이제는 유명무실해진 그곳의 이름이었다.

부자가 망해도 삼대는 간다는 말은 그저 한낱 옛말에 불과했다.

지난날 진백이 금와방주 행세를 하면서 돈이 될 만한 사업체나 귀중품들은 전부 다 현금화해서 처분한 데다, 그나마 남은 금와방의 재산들도 총관이나 금와칠객 같은 이들이 죄다 챙기고 달아난 지 오래였다.

그야말로 빈껍데기만 남았다고 해도 과언이 아닌 상황.

초라하게 저 혼자 바람에 나부끼는 금 두꺼비 문양의 깃발이 마치 지금 금와방의 모습을 대변하는 듯했다.

덕분에 유지광은 화무십일홍(花無十日紅)이니 권불십년(權不十年)이니 하는 말들이 어떤 의미인지 뼈저리게 실감할 수 있었다.

'정녕 이곳이 내가 알던 그 금와방이 맞단 말인가?'

불과 며칠 전까지만 해도 금와방은 유가장을 핍박하고 괴롭게 한 원흉이었다.

한때는 그곳이 망해 버렸으면 좋겠다고, 혹은 스스로의 손으로 무너뜨리겠다고 치기 어린 마음을 품은 적도 더러 있었다.

그러나 막상 이렇게 금와방이 비참하게 몰락한 모습을 보게 되자 어째 기쁜 마음보다는 씁쓸한 마음이 더 앞섰다.

그래도 금와방하면 자금 무한의 상계를 꽉 주름잡았다고 해도 과언이 아닌 곳인데, 정작 그 최후의 순간에는 누구 하나 도움의 손길을 내밀지 않았다.

평소 금와방주의 인덕이 부족했다기보다 세상의 인심이 그만큼 야박하고 박정하다는 쪽에 가깝다는 느낌이랄까.

과거 명문이라 불렸던 유가장의 세가 한순간에 기울어졌을 때의 주변 반응도 그러했기에 금와방의 최후가 마냥 남의 일 같지 않게 느껴졌다.

그렇게 우울한 기분에 사로잡히는 것도 잠시, 유지광은 이내 고개를 내저었다.

지금은 이런 쓸데없는 감상 따위에 젖어 있을 때가 아니라는 걸 잘 알기 때문이었다.

이번에 이신은 그에게만 따로 은밀히 임무를 내렸다.

바로 생사결의 승자로서 처음 정했던 조건대로 패자인 금와방의 남아 있는 재산을 처분할 겸 그 목록을 하나도 빠짐없이 조사하라는 것이었다.

어찌 보면 유가장의 소가주인 유지광에게 시키기엔 너무 자질구레한 일이었다.

그러나 그건 어디까지나 표면상의 이유일 뿐, 진짜 목적은 바로 금와방 안에 숨겨져 있는 배교 잔당들에 대한 단서를 찾아내는 것이었다.

지난날 생사결에서 유지광은 너무나 자신이 무력하다는 걸 통감했다.

이렇다 할 활약이나 이신을 돕기는커녕 어떻게든 죽지 않기 위해서 필사적으로 검을 휘두른 게 다였다.

이에 침울해하는 그에게 이신은 말했다.

—이번 일을 통해서 실감했을 것이다. 네가 얼마나 우물 안의 개구리였는지를. 이 거친 무림에서 살아남기 위해서 필요한 것은 비단 무공뿐만이 아니다. 기왕지사 이리 되었으니 이참에 보다 넓고 다양한 경험을 쌓도록 해라.

그 첫 번째 경험이 바로 이번 조사였다.

확실히 자신이 무공 수련 외에는 이렇다 할 경험을 쌓아본 적이 없다는 걸 알기에 유지광은 군말 없이 이신의 명을 받들었다.

하지만,

스윽—

유지광은 조용히 등 뒤를 돌아봤다.

그러자 화려한 옷차림의 청년이 여유롭게 주변을 둘러보는 게 보였다.

'소 무사님이라고 했지?'

듣자하니 그는 과거 이신의 동료들 중 한 명이라고 했다.

그 말은 즉 소유붕 역시 지난 정마대전에 참여한 자란 뜻일 터인데, 좀체 그 사실이 믿기지 않았다.

일단 겉으로 보이는 그의 나이가 너무 젊은 데다 수없이 많은 격전과 아수라장 속을 헤쳐 나온 듯한 연륜이나 노련함이 일절 엿보이지 않았기 때문이다.

뭣보다 유지광을 가장 실망시킨 것은 금와방에 오는 내내 길거리에 보이는 여인 한 명 한 명에게 일일이 추파를 던지는 모습이었다.

심지어 개중에는 홍등가의 기녀도 일부 포함되어 있었다.

어찌 사내가 저리도 묵직한 맛이라곤 하나 없이 가벼울 수 있단 말인가?

무가의 자손으로서 바르게 자라온 유지광의 입장에선 도저히 소유붕을 이해할 수 없었다.

그렇다고 해서 무작정 그를 떨쳐내고 가기엔 이신이 살짝 귀띔하듯 덧붙인 말이 영 마음에 걸렸다.

—그는 너의 부족한 부분을 채워줄 것이다. 부디 옆에서 잘 배우도록 해라.

'도대체 나의 부족함이 무엇이기에 형님은 이자를 내게 붙

여준 걸까?'

정확하게 그것이 뭔지는 모르겠지만, 적어도 한 가지 사실만은 알 수 있었다.

자신과 소유붕.

기름과 물처럼 다른 두 사람을 한데 묶어둔 것은 그리 현명하지 못한 선택이라는 것을.

그 사실은 이내 곧 현실로 증명되었다.

* * *

"금와방 총관의 말로는 금와방의 전 재산과 그간의 거래 내역에 관해서 기록한 책자는 모두 창고 안에 모아놨다고 합니다. 일단 그곳으로 가보지요."

금와방주가 그 진백이란 자가 속한 조직과 예전부터 연관이 있었다면, 필시 거래 내역에 그 흔적이 남아 있을 가능성이 높았다.

그런 의미에서 보자면 창고부터 뒤지자는 유지광의 의견은 썩 나쁘지 않다고 봐야 했다.

그러나 정작 소유붕의 반응은 심드렁할 따름이었다.

"뭐, 그리하지."

아무래도 좋다는 듯 말하는 그의 모습에 유지광은 살짝 눈살을 찌푸렸지만, 딱히 뭐라고 언성을 높이진 않았다.

그렇게 두 사람은 창고로 향했고, 그곳의 삼면을 가득 채운 거래 내역 장부들을 일일이 뒤지기 시작했다.

물론 전부 다 그런 것은 아니었다.

정신없이 장부를 뒤지는 유지광과 달리 소유붕은 뒷짐을 진 채 이곳저곳을 두리번거리기만 할 뿐, 적극적으로 조사에 임하지 않았다.

누가 봐도 농땡이를 피우는 그의 모습에 처음에는 유지광도 애써 무시하려고 했다. 하지만 시간이 지나면 지날수록 도저히 못 봐줄 지경에까지 이르렀다.

"도대체 지금 뭐하시는 겁니까!"

어디서 구했는지 모를 춘화집을 대놓고 보고 있는 소유붕의 모습에 유지광도 마침내 폭발하고 말았다.

하지만 소유붕은 유지광의 분노에도 아랑곳하지 않고 여전히 춘화집에 시선을 고정한 채 말했다.

"아, 나는 신경 쓰지 말고, 그냥 하던 일 계속하게. 여기 있는 거래 장부 다 보려면 아직도 한참은 더 걸릴 거 아닌가?"

"허, 지금 그걸 말이라고 하는 겁니까?"

소유붕의 말마따나 금와방의 거래 장부는 그야말로 산더미처럼 가득 쌓여 있었다.

이걸 다 보려면 하루 이틀 가지고는 택도 없었다,

한데 그걸 알면서도 어찌 손 하나 깜짝하지 않을 수 있단 말인가?

뭣보다 이번 일은 이신이 내린 임무였기에 그걸 소홀히 한다는 것은 달리 보자면 이신을 무시하는 걸로도 해석할 수 있었다.

사실상 유지광의 분노를 부추긴 것도 그 부분의 영향이 컸다. 이에 뭐라고 한마디 쏘아붙이려는 찰나, 갑자기 소유봉이 읽고 있던 춘화집을 탁— 덮어버렸다.

"후우, 이거 참. 생각보다 훨씬 더 고지식한 도련님이로구만."

"뭐요?"

잘못을 뉘우치기는커녕 되려 자신을 무시하는 듯한 소유봉의 한마디에 유지광의 얼굴이 일순 붉으락푸르락 달아올랐다.

"지금 뭐라고……."

이에 유지광이 반문하려는데, 그보다 먼저 소유봉이 말했다.

"이보게, 소형제. 우린 전문적으로 상계 쪽의 일을 배운 사람이 아니야. 그저 무공이나 좀 익힌 무부에 불과할 뿐이지. 그런 우리들이 이런 거래 장부 같은 것을 들여다본다고 한들. 과연 그중의 얼마를 이해할 수 있겠나?"

"그건……."

소유붕이 던진 질문에 일순 유지광은 말문이 막혀 버렸다.

실제로도 그가 거래 장부를 살펴보면서 느낀 점을 단번에 꼬집어 내다니.

마치 그럴 거라고 처음부터 예상했다는 투가 아닌가?

소유붕의 말은 거기서 끝나지 않았다.

"그리고 간과해선 안 될 사실이 또 하나 있네. 그 진백이란 놈이 쥐도 새도 모르게 금와방주를 해하고 그로 위장했음에도 누구도 그 사실을 몰랐네. 보통 철두철미한 놈들이 아니란 거지. 여기까진 이해했나?"

"그, 그야 뭐……."

원체 소유붕이 이해하기 쉽게 말하기도 했고, 유지광의 머리도 그리 나쁜 편은 아니었기에 고개를 끄덕였다.

그러자 소유붕은 한순간 눈에 기광을 번뜩이며 말했다.

"자, 그렇다면 여기서 질문 하나! 만약 자네가 그들이라면 과연 자신들의 정체에 대한 단서가 될 만한 흔적들을 고스란히 남겨뒀을 것 같나?"

"으음……!"

만약 자신이 진백이 속한 조직의 일원이라면 결코 꼬리가 밟힐 만한 흔적들을 남겨놓지 않을 것이었다.

때문에 유지광은 진백이 질문을 빙자하여 말하고자 하는

바를 어렴풋이 알 수 있었다.

"이곳에는… 단서가 없는 겁니까?"

신음처럼 띄엄띄엄 흘러나오는 그의 말에 소유붕은 주저없이 고개를 끄덕였다.

"암만 뒤져 봤자 여기서 나올 것은 책 먼지뿐이네. 그러니 시간낭비는 이쯤 하도록 하지."

"그, 그래도 끝까지 뒤져 보면 만에 하나라도 단서 하나쯤은……."

끝내 미련을 버리지 못하는 유지광의 모습에 소유붕이 혀를 살짝 찼다.

"쯧쯧, 이 곰처럼 답답한 친구 같으니. 그리도 내 말이 무슨 뜻인지 모르겠나? 어떻게든 단서를 찾고자 하는 자네의 의지는 존중하네. 하지만 방법이 틀렸어."

"방법?"

"정확히는 뒤져야 할 장소가 틀렸다는 걸세."

"장소라고요?"

그러고는 냅다 어딘가로 향하는데, 다름 아닌 금와방주의 집무실이었다.

유지광이 의아한 표정을 감추지 못했다.

앞서 소유붕의 말대로라면 이곳이야말로 아무런 단서도 남아 있지 않을 가능성이 높지 않겠는가?

소유붕은 혀를 내차면서 말했다.

"이거 하나만 알고 둘은 모르는 친구구만."

"예?"

"이보게, 소형제. 자네도 알다시피 금와방주는 무인이라기보단 상인에 가까운 자였네. 그런 그가 과연 진백 같은 작자들을 무조건적으로 믿었을 거라고 여기는가?"

"그럼……?"

도대체 소유붕은 여기서 뭘 찾으려는 걸까?

유지광의 물음에 그는 한 치의 망설임 없이 말했다.

"이중장부."

"이중장부?"

자고로 상인이라면 남들이 모르는 자기만의 이중장부 하나쯤은 만들어두게 마련.

더욱이 자신이 금와방주의 입장이었다면, 만약의 사태에 대비해서라도 진백이나 그가 속한 조직을 위협할 수 있을 만큼의 물증은 필히 남겨두려고 했을 것이다.

"그 정도 호구책 정도는 능히 마련할 능력이 있는 인물이었을 테니까."

안 그럼 이 정도나 되는 규모의 문파를 운용할 자격이 없다고 봐야 했다.

소유붕의 말이 끝나기 무섭게 유지광은 탄성을 내뱉었다.

"아, 과연……!"

탄성과 동시에 그제야 이신이 찾으라고 한 진백의 조직에 대한 단서가 금와방주의 이중장부를 가리키는 것이었음을 깨달았다.

그러면서 집무실 이곳저곳을 뒤지는 소유붕을 새삼스러운 시선으로 바라본다.

'도대체 얼마나 많은 경험을 쌓았기에 이런 혜안을 가질 수 있는 거지?'

새삼 이런 자를 수하로 부리는 이신에 대한 존경심이 마구 들었다.

"형님은 정말 대단한 분이시군요. 소 무사님 같은 분께서 주군으로 모실 정도라니."

"확실히 대단하신 분이긴 하지."

심드렁하게 답하는 듯했지만, 소유붕의 얼굴에는 알게 모르게 흐뭇한 미소가 떠올랐다.

무려 정마대전의 영웅이라고 불린 이신이다.

어쩌면 마교를 자신의 발아래로 두었을지도 모를 사람이 그였다. 아니, 분명 가능했을 것이다.

소유붕과 그의 동료들이 어떻게든 그렇게 되도록 만들었을 테니까.

하지만…….

'그걸 네 누이가 다 망쳐 버렸지.'

순간 방금 전까지의 미소는 온데간데없이 소유봉의 눈이 비수처럼 차갑게 날카로운 기운을 머금었다.

그는 조용히 고개만 뒤로 돌려서 등 뒤의 유지광을 바라봤다.

서로 등을 지고 있기에 망정이지, 만약 유지광이 지금 그의 눈빛을 봤다면 간담이 서늘하다 못해서 오금이 저려서 제대로 서 있지도 못했을 것이다.

'한낱 여자 때문에 마도 종주의 자리를 내던지다니.'

어찌 보면 지극히 이신다운 선택이었지만, 그전까지 그를 신처럼 경배하고 찬양하던 소유봉 등에게는 가히 날벼락과도 같은 일이었다.

하지만 그에 대한 분노를 유지광에게 푼다는 것은 다소 뜬금없고 당사자 입장에서도 억울하기 짝이 없을 것이다.

애써 속에서 일어나는 열불을 가라앉은 뒤, 소유봉은 언제 그랬냐는 듯 다시 원래의 신색으로 돌아왔다. 천변호리(千變狐狸)라는 별호가 괜히 붙은 게 아님을 증명하는 순간이었다.

그때였다.

"저기 소 무사님, 여기 좀 와보십시오."

반대편에서 집무실을 뒤지고 있던 유지광이 돌연 다급히 그를 불렀다.

이에 소유붕은 심드렁한 얼굴로 다가갔다가 유지광이 가리키는 것을 보는 순간, 어지간한 일로는 놀라지 않는 그의 눈이 부릅떠졌다.

第三章

시비총중(是非叢中)

늦은 시각.

어둠이 둘러싸인 운중장을 코앞에 두고 한 인영이 나타났다.

"…찾았군."

삐쩍 마른 체구의 매부리코 중년인, 북망광검 냉이상의 눈이 번뜩였다.

그가 운중장을 찾아온 이유는 말하나 마나 소문으로만 들었던 풍파신검 이신과 검을 맞대기 위함이었다.

기실 그는 성정이 포악하거나 악행을 저질러서 천사련에 몸을 담은 게 아니다.

지금도 그렇지만, 젊었을 때의 냉이상은 그야말로 검에 빠지다 못해서 미쳐 버린 인물이었다.

더욱이 젊은 혈기가 있다 보니 어떤 상대와의 비무도 결코 피하지 않았고, 그러다 보니 건드려선 안 될 명문대파의 제자와 실력을 겨루게 되었다.

결과는 그의 승리.

하지만 그 제자는 비무 중 치명적인 상처를 입고 말았고, 그로 말미암아 그 제자가 속한 명문대파에게 쫓기는 신세가 되고 말았다.

이에 냉이상은 하는 수 없이 천사련에 의탁하게 되었고, 그러한 세월이 어언 이십여 년이었다.

이제는 좀 잠잠해졌나 싶었지만, 역시나 북망광검이란 별호는 어디에 가질 않았다.

그런 주인의 심정을 반영하듯 그의 심장은 나이에 어울리지 않게 연신 쿵쾅거리길 반복했다.

'후우, 이 긴장감. 얼마만인지 모르겠군.'

이미 천사련 내부에서는 더 이상 그에게 도전하는 이는 없었다.

실력도 실력이지만, 장로라는 그의 신분 때문에 다들 도전하길 꺼려하는 것이다. 같은 장로들 역시 얻는 것보다 잃을

게 더 많은 그와의 비무를 피하기 일쑤였다.

그러다 보니 최근 들어서 냉이상은 살짝 욕구불만 비슷한 상태에 빠져 있었고, 그것을 채울 수 있는 기회를 호시탐탐 노리던 참이었다.

그런 와중에 내려진 이번 사신 임무는 그야말로 천우신조와 같았다.

'풍파신검, 아니 이젠 질풍검인가?'

생사결 이후 이신에게는 새로운 별호가 붙었다.

질풍검(疾風劍).

단순히 세상에 풍파를 일으키는 것에 그치지 않고, 마치 질풍처럼 거침없이 이어지는 그의 행보가 가히 인상적이었기 때문이다.

더욱이 진백과의 일전에서 선보였던 가공할 신위는 여러 사람의 입에 오르락내리락해서 어쩌면 절정고수 이상일지도 모른다는 평도 있었다.

간만에 나온 신예의 고수.

관심이 안 간다면 그게 더 이상한 일이었다.

'과연 네놈의 실력이 진짜인지 아닌지 내 눈으로 직접 확인해 주마.'

냉이상의 눈이 기대와 호승심이 한데 뒤섞인 열기로 번들거렸다. 그는 이미 이신과 자신의 비무를 당연하다고 여기고 있었다.

이신의 의사와는 상관없이 말이다.

그러는 사이 그는 어느덧 대문 앞까지 도착했고, 막 대문을 두드리려던 찰나였다.

끼이이익—

경첩 울리는 소리와 함께 대문이 저절로 열렸다. 문을 열고 나온 것은 홍의궁장 차림에 얼굴을 면사로 가린 여인이었다.

'여자?'

냉이상의 이마에 살짝 주름이 잡혔다.

좀 전까지만 해도 이신과의 혈전을 기대한 그였다. 그런 마당에 대뜸 여자부터 보게 되자 뭔가 흥이 살짝 식어버리는 느낌이었다.

그 때문인지 냉이상은 저도 모르게 스산한 음성으로 말했다.

"질풍검은 어디 있느냐? 있다면 나오라고 해라."

단도직입적으로 방문 목적을 밝혔음에도 면사녀는 아무런 반응조차 보이지 않았다. 마치 그의 말이 들리지 않는 것처럼.

이에 냉이상의 표정이 굳어졌다.

'설마 벙어리인가?'

지금까지 수많은 경험을 쌓아왔다고 자부하는 그였지만, 벙

어리를 상대로 자신의 목적을 밝혀야 하는 상황은 단연코 이번이 처음이었다.

순간 어찌 할 바를 몰라 난처해 할 때였다.

"…그게 누구?"

이제까지 아무 말 없던 면사녀의 입에서 불쑥 튀어나온 반문에 냉이상의 눈이 휘둥그레졌다. 하지만 곧 그의 얼굴에 분노와 냉랭함이 동시에 피어올랐다.

"말이 짧구나, 계집."

아무리 예를 따지지 않는 냉이상이라지만, 손녀뻘밖에 안 되는 여인의 반말이 기꺼울 리 만무했다.

이를 반증하듯 그의 신형에서 살기가 은근하게 흘러나왔지만, 면사녀는 전혀 아랑곳없이 말을 이었다.

"질풍인지 섭풍인지 뭔지 하는 사람은 여기 없어. 그러니까 돌아가."

쾅!

그러고는 열었던 대문을 도로 닫으면서 안으로 쏙 들어가 버렸다.

"……."

명백한 축객령 앞에 냉이상은 아무 말 없이 멍한 표정을 지었다. 일순 화를 내야 할지 말아야 할지 모를 만큼 그는 대혼란에 빠졌다.

그만큼 작금의 상황은 냉이상의 상식에서 벗어나도 한참 벗어난 일이었다.

'뭐지, 저년은?'

보통의 사람들은 그를 보면 본능적으로 두려움에 떨거나 고분고분 따르는 게 일반적이었다.

한데 초면임에도 자신에게 반말을 하는 것도 모자라서 이런 말도 안 되는 치욕까지 안겨주다니.

'아무래도 저년이 실성한 것 같구나.'

되도 않은 면사를 쓰고 다닐 때부터 알아봤어야 하는 건데.

자신의 실책을 인정하면서 냉이상은 괜히 면사녀와 말도 안 되는 실랑이를 할 바에야 차라리 그냥 대문이 아닌 다른 길로 가기로 결심했다.

파박—!

가볍게 땅을 박참과 동시에 한 마리의 야조처럼 하늘 위로 날아오르는 그의 신형!

유유히 지붕 위에 착지하려는 그 순간, 믿을 수 없는 일이 벌어졌다.

쩌저정—!

갑자기 솟아나는 얼음 기둥!

가까스로 허공에서 몸을 뒤집어서 피하기는 했으나, 덕분에 냉이상은 다시 지상으로 추락하고 말았다.

이에 낭패 어린 표정을 짓는 것도 잠시, 냉이상은 자신을 내려다보는 시선을 느꼈다.

무심코 고개를 드는 순간, 냉이상의 눈이 찢어질 것처럼 부릅떠졌다.

"네년은!"

시선의 주인은 다름 아닌 면사녀였다.

그녀는 눈에 보일 만큼 선명한 청색의 냉기를 몸에 두른 채로 말했다.

"대문은 여기가 아닐 텐데? 당신, 양상군자였던 거야?"

"으음……!"

졸지에 자신을 도둑 취급하는 면사녀의 말에도 냉이상은 뭐라 할 말이 없었다. 그녀의 말대로 도둑처럼 담을 넘으려고 했던 것은 사실이었으니까.

거기다,

'도대체 저년의 정체가 뭐지?'

냉이상은 매처럼 날카로운 눈으로 면사녀를 면밀히 관찰했다. 하지만 별다른 소득은 얻지 못했다.

애당초 이신에 대한 정보 말고는 딱히 운중장의 구성원에 대한 정보를 가지고 있지 않았기 때문이다.

그래도 좀 전의 일로 미루어 봤을 때, 방심해서는 안 되는 상대임은 분명했다.

'마교의 빙마검후가 여기 있을 리 만무하고…….'

검법 외에 다른 무공에는 별반 관심이 없는 냉이상이었지만, 빙공으로 유명한 여고수는 생각보다 그리 많지 않았다.

'혹시 북해빙궁인가?'

북해빙궁.

새외의 강자 중 하나이자 빙백신공(氷白神功)이란 걸출한 절학으로 명성이 자자한 곳이었다.

그곳의 고수들이 그리도 손속이 매섭고 안하무인이란 소리를 들었는데, 지금 면사녀의 모습이 딱 그러했다.

'그렇군. 말이 짧은 것도 새외에서 온 지 얼마 안 됐기 때문인가?'

그제야 자신을 향한 면사녀의 반말이 이해되었다.

'북해빙궁의 고수라.'

흥미가 안 간다면 그게 더 이상한 일이었다.

중원의 무인이 우연히 북해빙궁의 고수와 마주치거나 싸울 일은 일생을 통틀어 한 번 있을까 말까 할 정도로 드물었으니까.

냉이상의 눈이 번들거리더니 곧 그의 손이 허리춤에 매달린 검 쪽으로 향했다.

스릉—!

"좋아, 질풍검과 싸우기 전에 네년부터 꺾도록 하지."

아무래도 저 면사녀를 넘지 않으면 질풍검과는 만날 수 없을 듯했다.

그렇다면 넘어서리라. 당당하게 실력으로!

하지만 면사녀는 그런 냉이상의 투지에 찬물을 좌악 끼얹었다.

"남의 집 털려던 사람이 말이 많네."

"크윽! 노, 노부는 그런 사람이 아니래도! 참으로 답답한 계집이구나!"

냉이상이 울컥하며 외쳐 댔지만, 면사녀의 귀에는 들리지 않았다. 오히려 그녀는 새하얀 섬섬옥수를 앞뒤로 까닥거리며 말했다.

"들어와, 늙은 도둑."

"이 계집이……!"

거듭된 면사녀의 도발에 끝내 냉이상은 폭발하고 말았다.

그렇기 때문에 그는 미처 보지 못했다.

자신을 내려다보는 그녀의 눈에 어린 옅은 살기와 입가에 걸린 차가운 미소를.

*　　　*　　　*

배묘(拜墓)를 마치자마자 이신이 향한 곳은 운중장이 아닌 무한의 외곽에 위치한 허름한 객잔이었다.

그곳에서 그는 뜻밖의 인물과 마주하고 있었다.

"무량수불. 희대의 영웅을 이런 누추한 곳에 모시게 되어 죄송합니다."

경건한 도호와 어울리지 않게 관옥처럼 준수한 외모를 자랑하는 젊은 도인, 운검의 말에 이신은 고개를 내저었다.

"영웅은 무슨. 낯간지러운 소리는 그만하고, 바로 본론에 들어가자고."

"음! 알겠습니다."

이번 자리를 마련한 것은 다름 아닌 운검이었다.

그렇기에 그는 이신의 재촉에도 전혀 불쾌해하지 않고 곧바로 말을 이어나갔다.

"현재 본문에 암류가 존재한다고 일전에도 말씀드렸을 겁니다."

"그랬지."

사실상 이번에 이신과 운검이 서로 손을 잡은 것도 그 암류에 대해서 좀 더 자세히 파헤치기 위함이었다. 물론 이신은 그 정체에 대해서 어렴풋이 알고 있었다.

'필시 배교의 잔당이겠지.'

그런 심중의 생각을 감추면서 이신은 이어지는 운검의 말에 귀 기울였다.

"이번 일을 계기로 그 암류에 대한 배척 작업이 본문에서도 전보다 더욱 활발해졌지만, 그럼에도 완전히 뿌리 뽑긴 어려운 형편입니다."

"증거가 없기 때문이군."

"네, 그게 문제지요."

무당파 내부의 암류.

그들이 진백과 같은 조직이라는 심증은 있되, 그것을 증명할 만한 물증이 현저히 부족했다.

그렇기에 존재에 대해서 알면서도 적극적으로 그들을 축출하지 못하고 있는 것이었다.

"더 큰 문제는 비단 이 문제가 본문에만 국한된 게 아니라는 사실입니다."

"으음."

그 문제는 이신도 어렴풋이 인지하고 있었다.

무당파에 그러한 암류가 존재한다면, 다른 구대문파에도 그와 비슷한 자들이 존재하지 않는다고 마냥 장담할 수 없는 노릇.

더욱이 생사결 날에 마주했던 환혼빙인의 존재는 더욱 무서운 사실을 시사했다.

'어쩌면 무림맹과 천사련, 더 나아가서 마교에도 그들의 마

수가 뻗쳤을지 모른다.'

그 사실을 안다면 운검은 어찌 반응할까?

지금만 하더라도 수심에 가득 찬 그의 모습을 보고 있자니 차마 그 말을 꺼내기 어려웠다.

'언젠가는 말해야겠지만, 지금은 아니다.'

엄연히 자신과 운검은 일시적인 협력 관계에 지나지 않았다.

굳이 모든 정보를 다 공유할 필요는 없었다. 어디까지나 서로에게 필요한 것. 그 정도면 충분했다.

이신은 모른 척 말을 이었다.

"그래서 이번에 만나자고 한 이유는 뭐지?"

이신의 물음에 운검은 곧바로 대답하지 않고, 잠시 뜸을 들였다.

그런 그를 이신도 그다지 재촉하지 않았다.

오히려 운검의 태도는 이신으로 하여금 한 가지 확신을 심어다주었다.

'고민하고 있군.'

그 또한 이신처럼 밝혀도 될 것과 아닌 것을 마음속으로 구분하고 있는 것이었다.

물론 강호초출이다 보니 그러한 생각이 사소한 행동을 통해서 저도 모르게 드러났지만, 저 정도만 되어도 충분히 또래에 비해서 신중하다고 볼 수 있었다.

이윽고 운검은 결심한 듯한 표정으로 말했다.

"이 대협, 조만간 이곳 무한에서 구대문파의 비공식적인 회동이 있을 예정입니다. 혹 그때 참석해 주실 수 있겠습니까?"

"구대문파의 회동?"

이신이 놀란 듯 반문했다.

구대문파의 비공식적인 회동, 그 자체만으로도 쉬이 남에게 밝힐 수 없는 고급 정보였다. 한데 그런 정보를 기꺼이 공개하는 것도 모자라서 자신에게 참석 여부까지 묻다니.

실로 뜻밖의 제안.

그러나 이신은 겉보기와 달리 속으로 의외로 크게 놀라지 않았다.

'이거였나?'

앞서 운검은 무당파뿐만 아니라 어쩌면 나머지 구대문파에도 암류가 흐르고 있을지 모른다고 했다.

그 말은 지금의 회동에 대해서 거론하기 위한 일종의 밑밥이었다는 소리.

거기다 신중하게 말을 해야 될까 말까 고민하는 모습마저 보였기에 얼추 이 정도의 비밀 정도는 이야기할 거라고 예상하긴 했었다.

'어찌 해야 할까.'

이신은 잠깐 고민했다.

구대문파의 회동.

그것은 필시 예의 암류에 대한 각파의 정보를 서로 교류하기 위한 장일 것이다.

그런 자리에 이신더러 참석해 달라는 것은 달리 말하자면 그가 가진 정보도 함께 공유하자는 것일 터.

나쁘지 않았다.

아니, 나쁘지 않은 것을 넘어서 이건 기회였다.

구대문파 내의 암류에 대한 정보를 모아서 서로 공유하다 보면 배교 잔당들에 관한 단서도 훨씬 더 수월하게 얻을 수 있을 테니까.

그러나 이신은 코앞에 놓인 기회를 보기 좋게 박차고 말았다.

"거절하지."

"네? 어, 어째서?"

운검은 당황을 금치 못했다.

구대문파의 회동에 초대된다. 그 말은 구대문파와 보이지 않는 끈이 생긴다는 것이다.

당장 위로 올라가길 원하는 중소방파의 입장에서라면 그런 절호의 기회를 단칼에 거부한다는 것은 말도 안 되는 소리!

상식적으로 이해하기 어려운 일이었다.

운검의 반문에 이신은 말했다.

"간단하지. 난 구대문파에 끌려다니고 싶지 않거든."

정확히는 혈영사신이라고 불린 지난날의 과거를 들키기 싫다는 쪽에 가까웠다.

거기다 유세화에 관한 비밀 역시 걸림돌이었다.

'만약 구대문파에서 화매의 비밀에 대해서 알게 된다면 어떤 식으로든 그녀를 이용하려고 할 거다.'

어쩌면 이용하는 것을 넘어서 분란의 씨앗인 그녀를 죽이자는 과격한 의견이 나올지도 모른다.

소위 말하는 대를 위한 소의 희생이란 놈이다.

십여 년간 조직 생활을 해오면서 그런 경우를 종종 봐왔고, 그것이 구대문파라고 해서 크게 다를 게 없다는 게 이신의 생각이었다.

오히려 대를 위한 소의 희생은 협을 중시하는 정파 내에서 더 많이 발생하는 게 현실이었다.

실제 정마대전 당시에도 그런 식의 개죽음을 고귀한 희생이니 뭐니 라고 포장했으니 말 다했다.

'유가장은 구대문파에 비하면 엄연한 약자다. 섣불리 그들과 관계를 맺어선 안 돼.'

관계를 맺는 순간, 약자는 자신의 의지와 상관없이 강자에게 휘둘리고 이용당할 수밖에 없게 마련이었다.

약육강식(弱肉强食)의 법칙.

그것은 단순히 마교뿐만이 아니라 전 무림을 은연중에 관통하는 이념이자 진리였다.

누구보다 그 사실을 잘 아는 이신이기에 선불리 구대문파와의 친분을 맺으려고 하지 않는 것이었고, 그러한 계기조차 꺼리는 것이었다.

물론 그런 이신의 생각을 알 리 없는 운검의 입장에선 대놓고 아쉽다는 표정을 감추지 못했다.

"안타깝군요. 이번 회동에 이 대협께서 참석했다면 분명 큰 도움이 됐을 텐데."

'글쎄, 생각보다 그리 도움이 안 됐을 가능성이 더 높을 테지.'

이신은 속으로 그리 말하면서 쓴웃음을 머금었다.

운검이야 이신의 실력에 대해서 직접 겪어봐서 그를 진심으로 인정하고 있지만, 아직 그의 진면목에 대해서 잘 모르는 다른 구대문파의 인물들의 경우에도 과연 그리 여길지 의문이었다.

아마도 실력은 둘째 치고, 중소방파에 속하는 유가장 소속인 것만으로도 그를 대놓고 무시할 것이다.

그런 자들이 과연 이신과 제대로 된 정보를 공유하려고 할까?

답은 '아니다'였다.

제아무리 이신의 신분을 무당파에서 보증한다고 하더라도, 정작 중요한 정보는 자기들끼리만 나눌 가능성이 농후했다.

끼리끼리 논다는 말은 괜히 나온 게 아니다.

특히 한정된 권력을 나눠먹는 소수의 기득권층일수록 그러한 경향은 더욱 짙어지게 마련이다.

아직 어린 운검은 그러한 세상의 이치를 잘 모르고 있기에 그저 순수한 호의에서 비롯된 마음으로 이신에게 참석을 권유한 것이리라.

'뭐, 그것 말고도 또 다른 의도가 있는 것 같긴 하지만 말이야.'

이신은 놓치지 않았다.

조금 전에 아쉽다는 표정 뒤로 살짝 떠올랐다가 사라진 운검의 조급해하는 기색을.

그것이 무엇을 의미하는지는 곧 밝혀졌다.

"정 그러시다면 이거라도 받아주십시오."

운검이 품에서 꺼내 든 것은 소나무 문양이 생생하게 각인된 옥패였다.

다른 사람 같으면 그게 뭔지 퍼뜩 알아차리지 못했을 테지만, 이신은 달랐다.

'송문패(松紋牌)?'

무당파에서 자파의 은인이나 그에 준하는 귀인에게만 배포하는 물건으로 언제 어느 때라도 이 패만 제시하면 무당파의 도움을 받을 수 있는 귀물이기도 했다.

그런 귀한 물건을 선뜻 이신에게 내준다는 것은 무당파 측에서도 그와의 인연을 계속 이어나가고 싶다는 간접적인 의사 표현이라 봐야 옳았다.

'이 이상의 거절은 결례겠군.'

앞서 회동의 참석을 거절한 마당에 이것마저 거절한다면 무당파 측에서는 꽤나 자존심이 상할 것이다.

무당파의 체면을 생각해서라도 이쯤에선 이신이 한 번 져 주는 척이라도 해줘야 맞다.

물론 무당파가 두려운 것은 아니지만, 그렇다고 해서 쓸데없이 적을 늘릴 필요는 없었으니까.

"…주는 거니 일단 챙기도록 하지."

그렇게 이신은 건네받은 송문패를 품 안에 갈무리했고, 운검의 표정도 한결 밝아졌다.

그는 웃으면서 말했다.

"비록 이번에는 그럴 짬이 안 났지만, 부디 다음번에는 이 대협의 솜씨를 직접 견식할 수 있었으면 좋겠군요."

끝끝내 이신과의 비무에 대한 욕심을 버리지 않는 운검이었다.

사실 이번에 송문패를 건네준 것도 그쪽의 목적이 더 크게 작용했으리라.

월권이라면 월권이지만, 장문인의 제자이자 차세대 무당제일검이라는 그의 위치를 감안하면 딱히 월권이라 할 것도 못 되었다.

그의 확고한 의지 앞에 이신도 졌다는 듯 피식 웃으면서 말했다.

"이거 참. 각오해 둬야겠군."

"기대하셔도 좋으실 겁니다."

운검은 사뭇 의미심장한 미소를 지으며 화답했다.

말은 안 했지만, 이번 진백과의 일전에서 뭔가 실마리를 찾은 그였다.

아마도 다음번에 이신과 재회한다면 지금과는 꽤나 달라져 있을 것이다. 그에 대한 기대감과 자신감을 한꺼번에 드러낸 것이지만, 이신은 그저 미소로 일관할 따름이었다.

그렇게 운검과의 대화가 막바지에 다다를 때였다.

[주군, 찾았습니다.]

갑자기 그의 귓전으로 울리는 전음.

그 음성의 주인이 누군지는 굳이 말할 것도 없었다.

창졸지간에 이신의 눈빛이 빛났고, 그는 주저 없이 자리에서 일어났다.

"그럼 이만."

어차피 더 이상 이야기할 거리도 없었다.

운검도 더는 그를 붙잡지 않았다. 대신 자리에서 일어나면서 정중히 인사했다.

"살펴 가십시오."

대충 목례로 그의 작별 인사에 화답하면서 이신은 객잔을 나섰다.

대로변을 휘적휘적 걷는 그의 귓가로 예의 전음이 들려왔다.

[혹시나 제가 방해한 건 아니겠지요?]

전음의 주인, 소유붕의 물음에 이신은 표정의 변화 없이 말했다.

"마음에도 없는 배려 집어치우고, 본론부터."

[네네. 주군의 명대로 금와방을 뒤져 봤고, 나름대로 소득을 거뒀습니다.]

"좋군. 그래서 단서는?"

[그게…….]

이신의 재촉에 지금까지 유창하게 이어지던 소유붕의 전음이 살짝 흐려졌다.

이에 이신은 직감적으로 깨달았다.

'일이 뭔가 잘못됐군.'

만약 제대로 된 단서를 얻었다면, 바로 그에 대한 말부터 늘어놨을 소유봉이다.

그런 그가 괜히 딴소리를 할 때부터 어렴풋이 짐작은 하고 있었다.

"어찌 된 일이지?"

[단서를 찾긴 찾았는데, 이게 바로 알아보기가 어렵습니다. 그러니까…….]

"요점만 간단히."

이신이 딱 잘라서 말하자, 소유봉은 한숨을 내쉬며 전음을 마저 이었다.

[후우, 아무래도 주군께서 직접 와서 확인해 보셔야 할 것 같습니다.]

소유봉은 이신도 인정하는 눈썰미의 소유자였다.

그런 그의 통찰력으로도 확인이 어려웠다는 말에 이신의 표정이 살짝 굳어졌다.

'귀찮게 되었군.'

그래도 아예 단서를 못 찾은 것보다는 나았다.

적어도 금와방 안에 진백의 조직에 대한 단서가 있을 거라는 자신의 추리가 중간까지는 얼추 맞아떨어졌다는 의미였으니까.

"안내해라."

그리 말하면서 대로변을 걷고 있던 이신의 신형이 갑자기 훅 꺼지듯 사라졌다.

그리고,

휘리릭—

두 개의 신형이 환하게 뜬 보름달을 등진 채 지붕과 지붕 사이를 내달렸다.

*　*　*

"이건가?"

이신은 금와방주의 집무실에 들어서자마자 소유봉 등이 발견한 단서가 뭔지 알 수 있었다.

집무실 한쪽에 마련된 서재.

빼곡하게 채워져 있는 수많은 책 사이로 유독 깨끗한 서책 하나가 보였다.

'수상하군.'

처음 보자마자 든 생각이었다.

뒤에 시립한 소유봉을 바라보자 그는 즉각 입을 열고 말했다.

"특별히 주변에서 기관진식의 흔적은 발견하지 못했습니다."

처음 유지광에 의해서 서책을 발견했을 때만 해도 소유봉은 그것이 숨겨진 기관진식의 발동 장치 비슷한 것일 거라 예상했다.

하지만 그의 예상과 달리 서책을 건드려 봐도 아무런 일도 벌어지지 않았다.

이에 더욱 주변을 샅샅이 뒤져 봤지만, 금와방주의 집무실에는 이렇다 할 비밀 공간 같은 것은 발견되지 않았다.

그렇기에 이렇게 직접 이신을 데리고 온 것이었다.

혹시 그라면 자신이 미처 놓친 부분을 발견하지 않을까 싶었기에.

전반의 상황을 이해한 이신이 고개를 끄덕이면서 말했다.

"이 조장, 네 예상이 완전히 틀린 것은 아니다."

"그렇다면……."

"단지 교묘한 함정에 빠졌을 뿐이다."

"함정이라고요?"

소유붕은 이해할 수 없다는 얼굴로 반문했다.

자신이 함정에 빠지다니.

당황하면서 이신을 바라보는데, 대뜸 이신은 반대로 가장 손때가 묻은 두꺼운 서책을 꺼내 들었다.

'설마 저것이?'

그러나 예상과 달리 이번에도 아무 일도 벌어지지 않았다.

이에 기대하고 있던 소유붕이 내심 실망하려는 찰나, 이신은 그가 전혀 예상치 못한 행동을 했다. 바로 그 자리서 수중의 서책을 분리하기 시작한 것이었다.

"아앗!"

속전속결과 같은 그의 행동에 소유봉이 일순 뭔가 깨달았다는 얼굴로 탄성을 내질렀다.

이신은 서책을 분리하는 손길을 그대로 유지하면서 말했다.

"흔히 이런 경우, 기관진식 같은 것으로 숨겨진 공간이 있을 거라고 예상하게 마련이다. 아마도 진백 그 작자도 그리 생각했겠지. 하지만……."

이신의 손길이 멈추었다.

그러자 완전히 분리된 서책 사이로 교묘하게 숨겨져 있던 얇은 철편 조각과 어떤 지형지물을 묘사해 놓은 양피지가 모습을 드러냈다.

소유봉의 눈이 찢어질 듯 커졌다.

동시에 이신의 음성이 마저 이어졌다.

"그런 심리적인 맹점을 이용하는 게 금와방주의 진정한 노림수였지."

나뭇잎을 숨기려거든 숲 속에다 숨겨라.

그것이야말로 죽은 금와방주의 수법을 정확하게 수식하는 말이었다.

*　　　*　　　*

그 시각.

금와방에서의 조사도 어느 정도 일단락되었기에 유지광은 먼저 돌아가기로 했다.

한데 어찌된 일인지 그는 본의 아니게 운중장까지 불과 십여 장의 거리만을 남겨둔 상태에서 멈춰 서 있었다.

그 이유를 설명하듯 날카로운 소음이 들려왔다.

홍, 후웅—!

귀를 찢을 듯한 바람 소리 속에서 휘몰아치는 예리한 경력의 파도!

자칫 잘못해서 그 속에 휩쓸렸다간 사지가 송두리째 잘려져 나갈 듯한 경력의 서슬 앞에 유지광은 숨조차 제대로 쉴 수 없었다.

그런 그의 시선이 못 박힌 듯 정면을 응시했다.

그곳에서는 웬 매부리코의 노인이 홍의궁장의 면사녀를 상대로 검을 휘둘러 대고 있었다.

노인이 구사하는 검초 하나하나는 유지광으로선 감히 받아낼 엄두조차 나지 않을 만큼 매서웠고, 검초에 실린 예기는 독사의 어금니만큼이나 날카로웠다.

하지만 면사녀, 소유봉과 함께 과거 이신의 동료 중 한 명인 신수연은 날아오는 매부리코 노인의 검을 불과 종이 한 장 차이로 모조리 피해냈다.

'빠르다!'

신수연의 움직임은 감히 육안으로 쫓아갈 수 없을 만큼 빨랐다. 오죽하면 그녀의 움직임이 잔상으로 남겨질 지경이었겠는가?

용케 그녀를 따라잡는 매부리코 노인이 신기할 지경이었다.

'도대체 저 노인은 누구지?'

누군지는 몰라도 대단한 고수임에는 분명했다.

생사결 날 그 무서운 마물 환혼빙인을 상대로 가공할 무위를 자랑한 신수연을 상대로 저 정도의 실력을 펼친다는 것만으로도 대단한 일이었으니까.

한편 매부리코 노인, 냉이상은 본의와 상관없이 계속되는 헛손질에 돌아버릴 지경이었다.

'이게 무슨 조화란 말인가?'

북망광검이라 불리는 자신이 한낱 계집의 움직임을 따라가지 못해서 이런 개망신이라니.

만약 천사련의 다른 간부들이 지금 그의 모습을 봤다면 비웃는 것을 넘어서 장난 좀 그만 치라고 다그칠 만큼 이질적인 광경이었다.

그러나 본디 냉이상은 장난이라는 것 자체를 모를 만큼 진중한 인물이었다. 또한 상대가 여자라고 해서 봐주거나 할 만큼 자상한 성격의 소유자도 아니었다.

다만 어렴풋이나마 신수연을 시험해 보고자 하는 마음은 있었다.

그것이 바야흐로 지금의 상황을 만든 것이다.

"…아무래도 적당히 해서는 안 되겠군."

문득 그리 말함과 동시에 언제까지고 계속될 것 같던 냉이상의 검이 멈추었다.

매섭게 몰아치던 검풍이 잦아들자 신수연은 예의 무표정한 눈으로 그를 응시했다.

비록 아무 말도 없었지만, 그녀의 눈은 지금 이게 뭐하는 짓이냐고 묻고 있었다.

냉이상은 말했다.

"내 함부로 너를 가벼이 여긴 걸 사과하마. 하지만 이제부터는 다를 것이다."

그 말을 내뱉기 무섭게 냉이상의 신형이 사막의 신기루처럼 시야에서 사라져 버렸다.

이에 유지광은 황급히 사방을 두리번거렸고, 간신히 신수연의 등 뒤에서 홀연히 나타나는 냉이상의 신형을 발견하고는 얼른 소리쳤다.

"신 소저! 위험……!"

하지만 그가 말을 다 끝마치기도 전에 냉이상의 검이 먼저 신수연을 덮쳤다. 그대로 놔두었다간 치명상을 입을 수도 있는 위험천만한 상황!

바로 그때, 줄곧 조개처럼 꾹 다물어져 있던 신수연의 입술이 살짝 벌어졌다.

"후우……."

나지막한 한숨과 함께 흘러나오는 새하얀 입김!

어느덧 그녀의 두 눈은 희미한 청광을 머금고 있었다.

그리고 그녀가 오른발을 살짝 들어 올렸다가 아래로 내딛는 순간,

쩌저적! 캉!

거대한 얼음벽 하나가 등 뒤에서 불쑥 솟아올랐다.

당연히 냉이상의 검은 갑자기 나타난 얼음벽에 그대로 가로막힐 수밖에 없었다.

가벼운 진각 하나가 낳은 놀라운 결과!

지켜보는 유지광은 물론이거니와 냉이상마저도 입이 쩍 벌어졌다. 하지만 그도 잠시, 노련한 노강호답게 냉이상은 빠르게 이성을 회복한 뒤 시야에서 휙 사라져 버렸다.

그가 다시 모습을 드러낸 것은 처음과 달리 신수연의 좌측에서였다.

쩌저적! 캉!

그러나 마치 예상하기라도 하듯 빠르게 융기하는 얼음벽에 그의 검은 다시금 가로막히고 말았다.

이에 냉이상은 더 이상의 공격은 무의미하다는 걸 직감적으로 느꼈다.

'이런 괴물 같으니! 저년은 제 어미 뱃속에서부터 내공을 익히기라도 했단 말인가!'

모르긴 몰라도, 저만한 강도의 얼음벽을 만드는 데는 분명 적잖은 내력이 소모될 터였다.

한데 그걸 연속으로 반복했음에도 전혀 지친 기색 없이 심지어 얼음벽을 계속 유지하고 있는 신수연의 모습은 그를 질리게 만들기에 충분했다.

'뭔가 수를 써야 한다!'

평범한 공격은 먹히지 않는다.

그 사실을 깨달은 냉이상은 곧바로 수중의 장검에다 내력을 불어넣기 시작했다.

우우우웅—!

미세한 진동음과 함께 검신을 뒤덮는 붉은 광채!

그걸 본 유지광의 눈이 부릅떠졌다.

"거, 검기!"

저도 모르게 나와 버린 탄성.

과거 유하만천을 깨달으면서 그 또한 검기를 펼칠 수 있게 되었다.

하지만 냉이상은 그와 달리 초식에 기대거나 단순히 내력에 의지한 것이 아닌 마치 숨을 쉬듯 자연스럽게 검기를 발출했다.

이는 완연한 이기상인의 경지에 도달했다는 증거!

심지어 그것이 다가 아닌 듯 냉이상에게는 여유가 넘쳐 보였다.

"신 소저, 조심하십시오!"

괜스레 불길한 예감을 느낀 유지광이 즉각 경호성을 터뜨렸다.

하지만 장내에 있는 사람 가운데 그의 외침에 반응하는 이는 단 한 사람도 없었다.

애당초 그가 느낀 것을 신수연이 못 느꼈을 리 만무할 터였다.

그럼에도 그녀는 별다른 대처 없이 그저 차가운 시선으로 냉이상이 하는 양을 조용히 지켜볼 따름이었다.

그런 그녀의 배려 아닌 배려 속에서 냉이상은 천천히 검기를 머금은 장검을 수직으로 곧추세우면서 뇌까렸다.

"혈광천추(血光天錐)……."

그의 평생을 바쳐서 완성했다고 해도 과언이 아닌 광월검법

(狂月劍法)의 절초.

그 위력은 굳이 설명할 필요도 없을 만큼 어마어마했다.

"어디 한 번 이것마저 견딜 수 있는지 보도록 하지!"

돌연 그의 옷자락이 칼바람을 만난 깃발처럼 마구 펄럭이기 시작했다. 그것도 모자라서 그의 새하얀 수염과 머리카락이 서서히 위로 치솟았다.

이 모든 것은 내부의 강한 기운을 외부로 표출할 때 일어나는 현상이자 전조!

그럼에도 주변은 마치 태풍의 눈처럼 고요하다는 게 지켜보는 유지광 입장에서는 더욱 불안하기 그지없었다.

동시에 그는 예감했다.

곧 있으면 인력으로는 막을 수 없는 거대한 폭풍이 불어 닥칠 것이라고.

그리고 그의 예감은 이내 현실이 되었다.

파팟!

일순 한 줄기의 빛살처럼 앞으로 쭉 쏘아져 나가는 냉이상의 신형.

동시에 그는 붉은 검기로 뒤덮인 검을 똑바로 내질렀고, 이윽고 실타래처럼 가늘어진 수십 가닥의 검기가 나선 모양으로 검첨 위에서 뭉치기 시작했다.

그것은 검기의 수발이 자유로워진 것을 넘어서 오로지 절정의 경지에 이르러야지만 구사할 수 있다는 검사(劍絲)의 체현이었다.

뿐만 아니라 수십 가닥의 검사로 나뉘었던 검기는 종국에는 거대한 송곳 같은 형태로 화했다.

하늘조차 꿰뚫는 핏빛의 송곳이라는 뜻의 초식 명에 너무나도 잘 어울리는 모습이었다.

그렇게 핏빛 송곳을 앞세운 채로 쇄도하는 순간, 냉이상은 무의식중에 확신했다.

자신의 검기가 신수연이 만든 얼음벽을 두부처럼 꿰뚫어 버릴 것임을.

하나 그의 굳건한 믿음은 그리 오래가지 못했다.

카캉!

둔탁한 쇳소리와 함께 사방으로 터져 나갔다가 잦아드는 적광!

그 순간, 냉이상의 신형이 달려들던 속도보다 배로 빠르게 튕겨져 나갔다.

가까스로 바닥에 두 개의 긴 고랑을 남기고 나서야 멈춰선 그는 믿을 수 없다는 얼굴로 수중의 검과 얼음벽을 번갈아 바라봤다.

특별히 구한 백련정강으로 만든 명검이거늘. 놀랍게도 그의 검은 검첨 부분이 통째로 사선 모양으로 부러져서 이제는 숫제 반검(半劍)이라 봐도 무방할 지경이었다.

반면 신수연의 얼음벽은 처음과 마찬가지로 매끈하기 그지없었다.

그 명백한 차이 앞에 냉이상은 등골이 절로 서늘해지는 것을 느꼈다.

'흠집조차… 안 나다니……!'

단순한 공격도 아니고, 무려 검기를 이용한 자신의 절초까지 사용했음에도 흠집조차 남기지 못했다.

그 사실은 냉이상으로 하여금 걷잡을 수 없는 충격의 도가니에 빠트리기에 충분했다.

그렇게 예상치 못한 충격 앞에 굳어버린 냉이상을 향해서 신수연이 한마디 했다.

"이게 다야?"

"……!"

냉이상은 순간 울컥했지만, 뭐라 입을 열고 말하지 못했다.

승리를 의심치 않았던 자신의 절초가 깨진 것은 엄연한 사실이었다.

그 덕분에 진탕된 내력으로 인해서 검기도 쉬이 발출할 수 없기에 이 이상 싸운다고 해봐야 승산은 거의 없다고 봐야 했다.

그 사실을 있는 그대로 받아들이지 않는 것은 지난날 정정

당당한 비무를 통해서 무인으로서의 기량을 키워왔다고 자부하는 그의 신념에 정면으로 위배되는 행동.

잠깐의 침묵 끝에 냉이상은 차마 떨어지지 않는 입을 억지로 열었다.

"…졌다. 노부의 패… 배다……."

생각보다 선뜻 자신의 패배를 인정하는 냉이상의 모습에 유지광은 내심 의외라는 표정을 지었다.

방금 전까지 그토록 맹렬하게 신수연을 공격할 때와는 사뭇 다른 면모란 것도 한몫했다.

그렇게 순순히 패배를 인정하나 싶을 때, 뜻밖의 일이 벌어졌다.

"계집, 네 이름이 뭐냐?"

처음에는 아예 꺼내지도 않았던 질문이었다.

갑작스러운 그의 물음에 신수연은 일말의 주저도 없이 말했다.

"신수연."

"신수연이라……."

작은 음성으로 신수연의 이름을 몇 차례 되까리는 것도 잠시, 냉이상은 바닥에 떨어져 있던 애검의 파편을 주워서 불쑥 앞으로 내밀었다.

"내 이름은 냉이상, 무림의 몇 안 되는 친구들은 노부를 일컬어서 북망광검이라고 한다."

"부, 북망광검!"

그 별호를 듣자마자 유지광은 대번에 아연실색하지 않을 수 없었다.

북망광검이라면 천사련의 장로이자 절정의 경지에 오른 무림의 명숙!

그런 그가 어찌 신수연과 싸우게 되었단 말인가?

전후사정을 잘 모르는 그는 그저 멍한 얼굴로 이어지는 냉이상의 말에 귀 기울일 따름이었다.

"신수연, 그대에게 내 혈음(血飮)의 반쪽을 당분간 맡기도록 하겠다."

무인이 자신의 애검의 반쪽을 맡긴다.

그것은 실로 의미심장한 뜻을 담고 있는 말이요, 쉬이 할 수도 없는 일이기도 했다.

그 의미를 잘 알기에 유지광은 이어질 신수연의 반응에 초집중할 정도였다.

'과연 신 소저는 어찌할까?'

이대로 파편을 받아 들까, 아니면 정중히 거절할까?

그러나 이어지는 신수연의 행동은 그의 예상에서 완전히 비껴가고 말았다.

"필요 없어."

탁!

그녀는 매몰찬 거절과 함께 냉이상이 내민 검의 파편을 옆으로 쳐냈다.

예상치 못한 상황 앞에 냉이상 뿐만 아니라 유지광마저 멍한 표정을 머금었다.

어쩜 저리도 제멋대로에 안하무인이란 말인가.

도통 그녀의 속내를 알 수 없다는 생각과 함께 유지광은 불현듯 고개를 갸웃거렸다.

'분명 형님이나 누님에게는 나름 예의를 지키는 것 같던데.'

유지광은 미처 알지 못했다.

이 세상에서 신수연이 예를 지키는 것은 오로지 그녀가 주군으로 모시는 이신과 그가 아끼는 몇몇 사람뿐이라는 것을.

물론 그와 마찬가지로 그러한 사실을 알 턱이 없는 냉이상은 붉으락푸르락하는 얼굴을 애써 감추려는 듯 그대로 휙 뒤돌아섰다.

"후우, 좋다. 혈음의 반쪽은 네 마음대로 해라. 어차피 순순히 받을 거라고 생각하지도 않았으니까. 그럼……."

그는 한 차례 뜸을 들인 뒤, 마저 말을 이었다.

"내일 다시 오도록 하지."

"…또?"

재대결을 암시하는 냉이상의 말에 신수연은 대놓고 귀찮다는 표정을 지었다.

항시 무표정한 그녀치고 드물게 자신의 감정을 겉으로 드러내는 순간이었다.

第四章
빙인재생(氷人再生)

어둠이 안개처럼 자욱하게 펴져 있는 이른 새벽.

사나운 호랑이 문양의 깃발을 앞세운 한 무리의 인마가 희미한 여명을 등에 업은 채로 무림맹 무한 지부로 들어섰다.

쩔그럭—! 쩔그럭—!

움직일 때마다 햇살이 부서지면서 금속끼리 부딪치는 고유의 마찰음을 자아내는 은색의 찰갑(札甲)으로 무장한 그들의 모습은 무인이라기보다는 오히려 군문(軍門)의 잘 훈련받은 정예들을 보는 듯했다.

일찌감치 일어나서 그들의 마중을 나온 무한 지부의 지부장 문태승도 그와 비슷한 인상을 받았다.

'허어, 맹호대의 기강이 본맹에서 손에 꼽힐 만큼 엄격하다는 말은 들었지만… 설마 이 정도일 줄이야.'

무림맹 총단에서도 이름 높은 타격대, 맹호대의 등장 앞에 문태승을 비롯한 무한 지부의 무인들은 그들에게서 쉬이 눈을 떼지 못했다.

개중에서도 문태승의 시선을 단숨에 사로잡은 것은 커다란 흑마 위에 보란 듯이 앉아 있는 중년인이었다.

중년인이 타고 있는 흑마는 딱 봐도 흔치 않은 명마였는데, 무려 순혈의 한혈마(汗血馬)였다.

거기다 그의 왼쪽 허리춤에는 웬만한 장정은 드는 것조차 버거울 만큼 커다란 장도가 매달려 있었다.

특이하게도 장도의 도두(刀頭) 부분은 포효하듯 입을 벌린 호랑이 모양으로 장식되어 있었는데, 그 형태는 선두의 무인이 들고 있는 맹호포효기(猛虎咆哮旗)와 상당 부분 일치했다.

이에 문태승은 말하지 않아도 알 수 있었다.

그것이 작금의 맹호대주를 상징하는 애병이자 무림십대병기(武林十代兵器)에 당당히 이름을 올린 신병, 맹호보도(猛虎寶刀)라는 것을.

그리고 중년인의 정체 역시도.

—맹호대주 팽한성!

지금은 무림맹 총단에서 맹주를 지키는 최측근에 불과하지만, 과거 정마대전이 발발했던 당시에는 언제나 전장의 최전방에서 활약했던 맹호대의 수장.

더욱이 그는 하북팽가(河北彭家)라는 명문가 출신임에도 자신의 가문에 국한되지 않고, 오로지 맹주 백염도제에게만 충성을 바친 것으로도 유명했다. 그야말로 충절의 상징이라고 할 수 있었다.

이윽고 팽한성은 반백의 수염을 나부끼면서 정확하게 문태승의 앞에서 멈춰 섰다.

그 순간, 문태승은 저도 모르게 숨이 턱 하고 막혔다.

앞서 맹호대의 무인들이 잘 훈련된 군문의 정예와 같았다면, 팽한성은 마치 일만의 군사를 이끄는 대장군과 같은 기도를 내뿜었다.

그 태산과도 같은 기도와 위압감을 정면에서 마주했으니 어찌 압도당하지 않으랴.

지난날 북망광검 냉이상이 얼음처럼 차갑고 날카로운 기도를 내뿜었던 것과는 실로 대조적이었다.

그렇게 바싹 얼어붙어 있던 것도 잠시, 팽한성이 알아서 자신의 기도를 어느 정도 갈무리하고 나서야 문태승은 비로소 한숨을 돌릴 수 있었다.

'헉헉! 이, 이것이 화경급의 고수……!'

단순히 기세만으로 이런 압박을 줄 수 있다니.

거물은 확실히 거물이었다.

무심히 문태승을 내려다보던 팽한성은 그가 그나마 평정을 되찾는 것을 확인하기 무섭게 툭 내뱉듯이 말했다.

"맹호대를 맡고 있는 팽한성이네. 자네가 이곳의 지부장인가?"

팽한성의 말은 그걸로 끝이었다.

다소 투박하고 성의 없게 느껴졌지만, 문태승은 그의 말에 일말의 토도 달지 않았다.

천하의 맹호대주라면 이 정도의 오만함과 자신감은 충분히 가져도 마땅하다고 여겼기 때문이다.

거기다 겉으로는 서로 비슷한 연배로 보이지만, 실상 팽한성의 나이는 문태승보다 십여 살은 더 많았다. 정확하게 그는 이제 환갑을 코앞에 두고 있었다.

무공이 화경급에 오르면서 육신의 노화가 남들보다 훨씬 더디게 진행되면서 일어난 간극이라고 할까.

그 사실을 잘 알기에 문태승은 공손하게 예를 표하면서 말했다.

"예. 제가 바로 무한 지부를 관리하는 문태승이라고 합니다. 뵙게 되어 영광입니다, 팽 대주님."

"인사는 그쯤 하도록 하지."

더 이상의 서론은 불필요하다는 그의 태도에 문태승은 눈치 빠르게 대응했다.

"알겠습니다. 그럼 자세한 이야기는 안에 들어가서 나누도록 하지요."

그 말에 팽한성은 고개를 끄덕이고, 애마의 고삐를 냉큼 옆에 있는 수하에게 맡겼다.

그러고는 문태승과 어깨를 나란히 하면서 안으로 들어갔다.

"정녕 '그들'의 흔적을 발견했다는 게 사실인가?"

자리에 앉기 무섭게 팽한성의 입에서 불쑥 물음이 튀어나왔다.

문태승은 한차례 주변을 살핀 뒤, 다른 여느 때보다도 무거운 얼굴로 고개를 끄덕였다.

"속단하기는 어렵지만, 그럴 가능성이 높습니다."

"흐음!"

팽한성은 나지막하게 침음성을 흘렸다.

그들.

그것은 정사마를 통틀어서 막후에서 활동하는 모종의 암

류를 임의로 통칭하는 말로서 정확한 규모와 구성원 등에 대해서는 모든 게 불명확했다.

그나마 그 존재에 대해서 알게 된 것만 해도 불과 최근의 일이었다.

그만큼 그들의 활동은 은밀하고 교묘했다.

어찌나 은밀한지 마침내 꼬리를 잡았다 싶어도 금세 자취를 감추기 일쑤였다.

그렇다 보니 무림맹 내부에서도 그들에 대해서 아는 사람은 기껏해야 맹주 백염도제와 신안각주 제갈용연을 포함해서 몇 안 되는 실정이었다.

그 몇 안 되는 사람 중 한 명인 팽한성은 슬쩍 문태승을 바라봤다.

'이자, 제갈 각주의 수족 중 하나인가?'

때때로 무림맹 내에서는 자신의 진정한 신분을 숨긴 채 위장 신분으로 살아가는 이들이 있었다.

특히나 신안각주 제갈용연은 자신의 수하들을 은밀히 각 지부마다 심어두는 것으로 유명했다.

팽한성은 단번에 문태승이 그러한 자들 중 한 명이라는 것을 간파했다.

'하긴 애당초 그렇지 않고서야 그들에 대해서 언급한다는 것부터가 불가능한 일일 터.'

그런 속내를 일절 드러내지 않은 채 팽한성은 말했다.

"보다 자세히 설명해 보게."

팽한성의 명이 떨어지기 무섭게 문태승은 지난날의 일들을 설명하기 시작했다.

그리고 그의 이야기가 유가장과 금와방의 생사결이 끝나고 한 뒤, 그 후 자신의 본색을 드러낸 가짜 금와방주 진백과 환혼빙인에 관한 대목에까지 이르는 순간이었다.

"잠깐, 금와방주라고? 정녕 그가 그들과 관계있었단 말인가?"

팽한성이 놀라는 것도 무리는 아니었다.

금와방주는 비단 무한 지부뿐만 아니라 총단에까지 영향을 미치는 몇 안 되는 상계의 인물이었다.

총단의 간부 중 상당수가 그가 보낸 금자의 덕을 본 것도 있는데다, 뭣보다 물심양면으로 그의 도움을 받아서 간부의 자리에 오른 사람도 적지 않았기 때문이다.

사실상 금와방이 신흥방파임에도 주변의 별다른 견제 없이 성장할 수 있었던 것도 바로 그런 뒷배가 있기에 가능한 일이었다.

그런 그가 그들과 관계가 있었다니.

놀라는 한편, 팽한성은 내심 고개를 끄덕이고 있는 자신을 발견했다.

'확실히 금와방주의 재력은 한낱 개인의 것이라고 하기엔 너무나도 지나칠 정도로 광대했지.'

지금까지 금와방의 재산은 온전히 그의 실력으로 비축한 것인 줄로만 알았다.

물론 불과 최근 동안에 모았다고는 믿기지도 않을 만큼 재산의 규모가 워낙 방대하기에 몰래 신안각에서 그의 뒷조사를 했을 정도였지만, 특별히 이상한 점은 발견하지 못 했다.

한데 그 많은 재산이 실은 모두 그들에게서 비롯된 것이라는 사실에 팽한성은 순간 등골이 오싹해지는 것을 느꼈다.

'그만한 자금력을 동원할 수 있는 역량이라니. 이는 결코 예삿일이 아니다!'

단순히 남들 모르게 뒤에서 활동하는 흑막 정도인 줄 알았던 그들이 웬만한 거대 문파를 능가하는 자금력을 갖추었다는 게 지금 막 확인되었다.

뿐만 아니라 그들은 천사련의 마물, 환혼빙인을 독자적으로 양성할 수 있는 수단마저 지니고 있었다.

사실상 금력과 무력을 동시에 가지고 있다고 봐도 무방한 상황. 이번 정보가 드물게 천급으로 분류된 것도 무리가 아니었다.

팽한성은 내심 자신이 직접 여기까지 오길 잘했다고 여겼다.

"내가 뭘 도와주면 되겠나?"

모처럼 발견한 그들의 흔적이다.

어떻게든 파고들어서 꼬리가 아닌 몸통, 더 나아가서 그들의 머리까지 발견해야만 했다.

물론 그렇게까지 일이 수월하게 풀릴 가능성은 거의 희박하다고 봐야 했지만, 밑져야 본전이었다.

"글쎄요. 일단은 천사련 쪽부터 어떻게 해주셨으면 좋겠습니다만……."

"천사련? 갑자기 그놈들은 왜?"

뜻밖의 요청에 팽한성이 고개를 갸웃하면서 반문했다. 그러자 문태승은 실로 난감하다는 표정을 지으면서 답했다.

"예의 환혼빙인과 관련된 문제입니다."

"환혼빙인? 그 마물이라면 분명 그 질풍검인가 뭔가 하는 녀석의 동료의 손에 의해서 죽었다고 하지 않았나? 거기다 천사련 쪽에서도 자기네들이 제련한 게 아니라고 잡아뗐다면서 새삼스레 이제 와서 문제될 게 뭐란 말인가?"

대수롭지 않다는 투로 말하는 팽한성과 달리 문태승의 굳은 얼굴은 좀체 펴지지 않았다.

"그게 그렇게 말처럼 간단치가 않습니다. 안 그래도 이번 건 때문에 천사련에서 새로 다시 사람을 보내왔을 정도니까요."

"응? 다시 사람을 보내왔다고? 그건 또 무슨 뜻인가?"

이번에 죽은 환혼빙인이 기존 천사련에서 보유하던 것이 아니라고 밝혀진 마당에 굳이 사람을 다시 보내왔다?

순간 팽한성은 뭔가 자신이 크게 놓치고 있는 부분이 있다고 직감했다.

이어지는 문태승의 충격적인 말이 그것을 증명했다.

"실은 그 마물이 아직 살아 있다는 게 밝혀졌습니다. 정확히는 가사 상태지만, 어떠한 계기만 주어진다면 언제라도 부활할 가능성이 높습니다."

"뭣?"

팽한성은 저도 모르게 되물었다.

죽은 줄로만 알았던 환혼빙인이 멀쩡히 살아 있다니!

놀람도 잠시, 곧 한줄기의 섬전과 같은 깨달음이 그의 뇌리를 스치고 지나갔다.

'그 마물은 천사련과는 별개로 만들어진 존재! 잘만 연구한다면 틀림없이 그들과 관련된 결정적인 정보를 캐낼 수 있을지도 모른다!'

이제야 그는 알 수 있었다.

천사련을 어찌 해달라고 하는 문태승의 저의가 정확하게 무슨 뜻인지를.

'시간을 끌어달란 소리로군.'

그 사실을 깨달음과 동시에 팽한성은 즉각 자리에서 일어나면서 말했다.

"안내하게. 그들이 있는 곳으로."

그리 말하는 그의 오른손은 어느새 왼쪽 허리춤에 매달린 맹호보도 쪽으로 향해 있었다.

마치 상대가 누가 되었든 간에 단칼에 베어버리겠다는 듯이.

하지만 일은 생각처럼 그리 쉽게 풀리지 않았다.

*　　　*　　　*

"어, 어떻습니까?"

병색이 완연한 유정검의 물음에 묵묵히 그를 진맥하던 노인, 마의는 가볍게 혀를 내찼다.

"쯔쯔쯔. 이것 참. 자네, 이 지경이 될 때까지 대체 뭘 어떻게 한 건가? 내 검주한테 미리 언질받긴 했지만, 이건 도대체 어디부터 손을 봐야 할지 원."

"어, 어렵겠습니까?"

"어렵지. 그것도 아주!"

단호한 마의의 말에 안 그래도 창백한 유정검의 안색이 더욱 창백해졌다.

눈앞의 노인은 이신이 어렵게 모신 명의였다.

그것도 그냥 명의도 아니고 의선과 어깨를 나란히 한다는 바로 그 생사마의였다.

그가 어렵다고 말했으니, 어찌 긴장하지 않을 수 있으랴.

이윽고 마의가 말했다.

"요 근래 들어서 섭식에 꽤 어려움을 겪고 있지?"

"마, 맞습니다."

마의의 물음에 엉겁결에 답하는 가운데서 유정검은 내심 온몸에 소름이 쫙 돋았다.

요 근래 들어서 제대로 된 식사는커녕 쌀로 만든 죽조차 제대로 목구멍으로 넘기지 못하고 있는 실정이었다.

한데 그런 사정을 미처 말하기도 전에 진맥만으로 먼저 그의 상태를 눈치채다니. 족집게가 따로 없었다.

"그게 다 전신의 혈맥이 꼬이고 굳어버려서 내부의 순환이 엉망인 것은 둘째 치고, 오장육부의 상태까지 엉망진창이라서 그런 거네. 만약 이대로 놔뒀다간 나중엔 피죽도 제대로 먹기 어려워졌을 걸세."

"그, 그렇군요."

그 정도까지 자신의 몸 상태가 안 좋았을 줄은 미처 몰랐기에 유정검의 표정은 삽시간에 어두워졌다.

놀람은 거기서 끝나지 않았다.

"그리고 사지의 근골이 알게 모르게 많이 상했군. 혹시 그 몸으로 달밤에 혼자 검무라도 추는 건가?"

"으음!"

말은 질문하는 투였지만, 정작 마의의 날카로운 시선은 마치 모든 걸 훤히 꿰뚫어보는 듯했다. 유정검은 순간 저도 모르게 침음을 내뱉었다.

생사마의의 의술이 신수의가의 현 가주 의선과 비견할 정도라는 말은 익히 들어서 알고 있었지만, 남들 몰래 수련한 것까지 알아맞힐 줄이야.

'귀신이 곡할 노릇이구나!'

더 이상 그의 앞에서 뭔가를 숨긴다는 건 무의미하다는 것을 깨달은 유정검은 솔직하게 있는 대로 다 털어놨다.

"후우, 맞습니다. 선배님이 말씀하신 그대로입니다. 이대로 넋 놓고 있다간 아예 검을 쥐는 감각마저 잊어버릴 것 같아서 조급한 마음에 그만……."

"쯔쯧, 미련한 사람 같으니. 아무리 그렇다고 하지만, 안정을 취해도 모자란 판국에 그렇게 몸을 혹사시켜 버리다니. 자네 몸 상태가 그 지경까지 악화된 것도 다 자네의 그런 조급함 때문일세. 지금이라도 반성하게나."

"…면목이 없습니다."

마의의 말은 비수처럼 유정검의 가슴을 연신 찔러댔다.

그렇다고 해서 화를 낼 수도 없었다. 분명 마의의 말은 구구절절 다 옳은 말이었으니까.

환자라면 엄연히 안정을 취해야 마땅하나 유정검은 어떻게든 자력으로 주화입마를 이겨내야 한다는 핑계하에 안 해도 될 무리를 자처했다.

그 결과가 바로 지금의 몸 상태였으니 입이 열 개라도 할 말이 없었다. 타들어가는 속을 애써 달래가면서 유정검은 조심스레 말했다.

"그럼 앞으로 정상적으로 회생할 가능성은 얼마나……?"

"회생? 자네 참 욕심도 많군. 보통 이 정도라면 치료가 거의 불가능하다고 봐야 하네. 어쩌면 이대로 영영 이렇게 살아야 할지도 모르지."

냉정하기 그지없는 마의의 말에 유정검의 안색이 창백해졌다.

"헉! 그, 그럼 어찌 해야 한단 말입니까? 뭐, 뭔가 방법이 없는 것입니……!"

"그러니 앞으로는 검주한테 잘하게."

"예?"

"그새 가는귀까지 먹은 건가? 검주한테 잘하라고. 그가 자네의 하나밖에 없는 목숨을 살린 거니까."

순간 마의의 말이 무슨 뜻인지 몰라서 멍한 표정을 짓는 것도 잠시, 이내 유정검은 믿기지 않다는 투로 더듬더듬 말했다.

"그, 그럼 치, 치료가 가능하단 말씀이십니까?"

마의는 히죽 웃으면서 자신의 턱수염을 매만졌다.

"지난날 손녀딸을 치료하면서 독자적으로 개발한 대법이 하나 있네. 그 대법을 앞으로 열흘간 꾸준히 받는다면, 굳어 있던 자네의 기혈이 언제 그랬냐는 듯 정상적으로 회복될 걸세. 어디 그뿐이랴? 특별히 제조한 약도 함께 복용한다면 더욱 전반적인 회복 속도가 빨라질 걸세. 그리고 나면……."

한 차례 뜸을 들인 뒤, 마의는 천천히 한마디 덧붙였다.

"남들처럼 무공을 수련하는 것도 가능해질 걸세."

"아……!"

기혈이 회복되고, 몸 상태가 나아진다.

그 말은 즉 지난 수년간 그를 지긋지긋하게 괴롭혀 왔던 주화입마로 인한 내상의 그늘로부터 완전히 벗어날 수 있다는 말과 동일했다.

하지만 그 무엇보다 다시 무공을 익힐 수 있다는 말이 가장 유정검의 심금을 울렸다.

탄성을 내뱉는 것도 잠시, 곧 유정검의 눈에서 뜨거운 눈물이 주르륵 흘러내리기 시작했다.

"크흑! 가, 감사합니다! 감사합니다, 선배님! 이 은혜는 절대로 잊지 않겠습니……!"

"됐네. 그런 인사치레는 검주한테나 하게. 노부는 그저 검주의 부탁을 받았을 뿐이니까."

"크흐으흑, 네, 네. 그리 하겠… 크흐윽!"

연신 흘러내리는 눈물 때문에 제대로 유정검은 말을 끝맺지도 못했다.

그러나 마의는 그를 나무라지 않았다.

다시는 평생 무공을 익힐 수 없을 줄로만 알았던 무인이 새로 기회를 얻은 것이다.

그로 인해서 복받쳐 오르는 감정의 홍수를 어찌 스스로 억누를 수 있으랴.

이럴 땐 어떤 위로나 격려도 다 무의미했다.

차라리 남의 눈치 보지 않고 마음껏 감정을 분출할 수 있게 잠시 자리를 비워주는 편이 나았다.

그렇게 마의는 조용히 바깥으로 나왔고, 마침 복도에서 대기 중이던 이신이 그를 반겼다.

"어찌 되었습니까?"

"뭐 별거 아니더군. 앞으로 열흘만 꾸준히 치료받으면 훌훌 털고 일어날 걸세."

"감사합니다, 선배님. 이 은혜, 결코 잊지 않겠습니다."

이신의 정중한 인사에 마의는 겸연쩍다는 얼굴로 손사래를 쳐 댔다.

"어허, 겨우 이 정도 가지고 은혜는 무슨. 집어치우게. 뭣보다 아직 제대로 치료를 시작한 것도 아니니까."

마의는 그리 말했지만, 이신은 알고 있었다.

유정검의 내상이 웬만해서는 쉬이 나을 수 있는 성격의 것이 아니라는 것을.

근 수년간 유정검이 무력하게 병상에 누워서 요양만 했다는 게 그 증거였다.

한데 그만한 내상을 마의는 고작 열흘 만에 완치할 수 있다고 장담하였으니, 만약 다른 의원들이 들었다면 경악을 금치 못했을 것이다.

그때였다.

마의가 돌연 굳은 얼굴로 말했다.

"그보다도 한 가지 짚고 넘어가야 할 문제가 있네."

"문제라니요? 그게 무슨 소리입니까?"

갑작스러운 마의의 말에 이신은 의아한 듯 물었다.

"유 가주한테는 일부러 말하지 않았지만, 실은 그의 몸에서 이상한 흔적이 하나 발견되었네."

"이상한 흔적이라면……?"

"혹시 망혼산(忘魂散)이라고 알고 있나?"

"망혼산?"

처음 들어보는 이름이었다.

그러나 영혼을 잊어버리는 가루라는 불길한 뜻의 이름이 붙여진 걸로 봐선 약이라기보단 독이라는 인상이 더 강했다.

"어떤 독입니까?"

이신의 물음에 마의는 그 여느 때보다 신중한 얼굴로 답했다.

"남만에서만 자생하는 약초인 망혼초를 말려서 가루로 만든 것이지. 아주 소량으로 사용하면 그냥 미혼약 정도에 불과하지만, 장기적으로 꾸준히 복용하게 되면 점점 기혈이 쪼그라들면서 오장육부도 하나둘씩 서서히 마비되기 시작하는 무서운 독이네."

"혹시?"

어디선가 많이 들어본 증세.

앞서 열거한 망혼산의 중독 증세는 기묘하게도 내상을 입었을 때의 증상과 아주 흡사했다.

그래서 설마 하는 표정으로 마의를 바라보자 그가 고개를 끄덕였다.

"맞네. 유 가주는 바로 그 망혼산에 중독되어 있었던 걸세."

마의의 말이 끝나기 무섭게 이신은 그 여느 때보다 싸늘한 얼굴로 말했다.

"…누군가 의숙께 망혼산을 몰래 장기적으로 복용시켰군요."

지난날 생사결 때 이신에게 무형지독을 몰래 복용시킨 것도 유가장의 무인이었다.

그런 경험이 있기에 이신은 아무런 망설임 없이 내부인의 소행이라고 확신했다.

마의의 생각도 크게 다르지 않았다.

“못해도 족히 수년간 꾸준히 복용했다고 봐야 할 정도지. 불행 중 다행으로 아직 치사량을 넘기지 않았지만, 만약 조금만 더 오래 방치했으면 상황은 꽤나 심각해졌을 걸세.”

“구체적으로 어떻게 되는 겁니까?”

이신의 물음에 마의는 심히 말하는 것조차 불쾌하다는 얼굴로 답했다.

“아마도 유 가주는 평생 살지도 죽지도 못하는 몸이 되었을 걸세.”

식물인간이 된다는 소리였다.

그제야 이신은 마의가 불쾌하다는 표정을 지은 이유와 망혼산이라는 이름의 유래가 어디서 비롯된 것인지 확실히 알 수 있었다.

“중원에서 이 망혼초에 대해서 아는 이는 얼마 안 되네. 노부 역시도 최근 개인적인 볼일 때문에 남만 쪽에 갔다가 우연히 알게 되었을 만큼 중원은 물론이거니와 자생지인 남만에서도 아는 이가 매우 드문 독초지.”

마의의 개인적인 볼일이 뭔지는 말하지 않아도 뻔했다.

바로 친손녀 구양소소의 병세를 조금이라도 호전시키기 위한 약초를 구하기 위해서였음이리라.

이유야 어찌되었던 간에 그런 과거의 경험 덕분에 마의는 생각보다 망혼초에 대해서 잘 알고 있었다.

그런 경험을 십분 살려서 마의는 이어서 말했다.

"더욱 무서운 사실은 여타 독들과 달리 망혼초는 육안으로는 그 중독의 여부를 판별하기가 매우 어렵다는 것이네. 미리 망혼산에 대해서 알고 있지 않았다면, 노부 역시 그냥 지나쳐 버리고 말았겠지."

'그래서 그동안 어떤 의원도 의숙의 병을 제대로 치유하지 못한 거구나.'

의원들의 실력이 부족하다기보다 망혼초의 존재에 대해서 전혀 모르다 보니 어떻게 손을 써볼 방도 자체가 없었다는 게 정확한 표현이리라.

"확실한 것은 이번 일에 오독문(五毒門)이 어떤 식으로든 연관되어 있을 거라는 거네."

"오독문? 그들이 왜?"

중원에 당문이 있다면, 새외에는 오독문이 있다고 할 만큼 그들의 독술은 유명했다.

하지만 그 먼 새외에 있는 작자들이 어찌 이번 일과 연관이 있다는 말인가?

"이유야 알 수 없지. 다만 확실한 것은……."

마의는 못마땅하다는 얼굴로 마저 말을 이었다.

"이 세상에서 망혼초의 군락이 자생하는 위치를 알고 있는 것은 오직 그들뿐이라는 사실이네."

"으음……!"

이신의 표정이 심각해졌다.

단순히 주화입마로 인한 내상인 줄로만 알았던 유지광의 몸 상태가 사실은 독에 의한 중독 증세였다는 것도 충격이지만, 더욱 충격적인 것은 만약 마의가 없었다면 그조차 전혀 몰랐을 거라는 사실이었다.

그 치밀하고도 악랄한 수법에 분노하는 것도 잠시, 곧 이신의 입꼬리가 스르륵 올라갔다.

'그런 식으로 나왔다 이거지?'

만약 이 자리에 그의 오랜 지기 장대호가 있었다면 헉 소리를 내뱉었을 것이다.

지금 이신의 입가에 걸린 미소.

그것은 그가 진심으로 살심(殺心)을 머금었을 때만 짓는, 사신의 미소였다.

그와 동시에 마의의 표정이 경악으로 물들었다.

'이, 이 무슨……!'

이신이 미소를 짓기 무섭게 압도적이라는 말이 부족할 만큼의 기운이 순식간에 복도 전체를 잠식했다. 그 안에서는 숨조차 제대로 쉬기 어려웠다.

그뿐만이 아니었다.

"헉!"

"뭐, 뭐야?"

유가장에 있는 사람 모두가 연유를 알 수 없는 오한과 함께 온몸이 떨리는 것을 동시에 체험했다. 거기다 지진이 일어난 것도 아님에도 장원 전체가 들썩였다.

기사(奇事) 중의 기사!

이 모든 게 이신이 기운을 개방하면서 일어난 현상이었다.

이에 마의가 뭐라고 한마디 하려는 찰나였다.

우우웅—!

이신의 허리춤에 매달려 있던 영호검이 갑자기 전신을 부르르 떨어댔다.

청명한 검명음 앞에 간신히 제정신으로 돌아온 듯 당장에라도 폭발할 것 같던 이신의 기운이 언제 그랬냐는 듯 깨끗이 사라졌다.

하지만 조금 전의 살벌한 분위기까지 완전 없어진 건 아니었다.

무거운 침묵이 흐르는 복도.

잠시 후, 이신은 실로 면목이 없다는 얼굴로 마의를 향해서 고개를 숙였다.

"죄송합니다, 선배님. 본의 아니게 그만……."

"휴우, 괜찮네. 조금 놀라긴 했지만, 어디 크게 다친 것도 아니니까. 신경 쓰지 말게."

"죄송합니다."

"허허허, 원 사람 참."

거듭되는 이신의 사과 앞에 마의도 더는 말하기가 민망한 듯 너털웃음만 터뜨렸다.

그러고는 유정검의 치료에 필요한 준비를 하겠다면서 먼저 자리를 떴다.

멀어지는 마의의 뒷모습을 바라보면서 이신은 씁쓸한 미소를 머금었지만, 그것도 잠시. 그의 표정이 차갑게 굳었다.

동시에 그의 눈이 시퍼런 냉광을 머금었다.

'오독문, 우선은 너희들부터다.'

그렇게 아무도 모르게 마음속 살생부의 한 줄을 채워 넣는 이신이었다.

* * *

딸랑—!

자그마한 방울 소리가 정적을 깼다.

그와 동시에 바닥에 정좌하고 있던 비리비리하게 깡마른 중년인이 천천히 눈을 떴다.

"위험하군."

갑작스러운 그의 말에 반응한 것은 정면에서 그와 대치하고 있는 은빛 찰갑의 중년인, 팽한성이었다.

"위험하지. 자네들이 말도 안 되는 억지를 쓰면서 본맹에서 보관 중인 증거를 마음대로 수거하려고 하는데, 어찌 위험하지 않겠나?"

"뭣이!"

"보자보자 하니까 말을 너무 함부로 하는 것 아니오?"

빈정대는 그의 말에 중년인 주위에 서 있던 천사련의 무인들이 울컥했다.

지금 그들이 있는 이곳은 임시로 환혼빙인을 안치 중인 뇌옥의 입구 앞이었다.

하지만 그럼에도 이같이 불만을 성토할 뿐, 그 안으로 들어가지 못하는 것은 바로 팽한성이 떡하니 길목을 막고 있어서였다.

고작 그 한 명일 뿐이지만, 천사련 무인들의 눈에는 마치 거대한 바위 하나가 웅크리고 있는 것 같았다.

'망할 무림맹 놈들!'

'하필이면 저 미친 호랑이를 데려오다니.'

지금까지 지부장 문태승을 상대로는 거침없이 어깃장을 놓았던 그들이지만, 저 팽한성을 상대로 그런 게 통할 리가 만무했다.

더욱이 무림에서 팽한성은 말보다는 주먹이 먼저 나가는 것으로 더 유명한 인물로서, 오죽하면 세간에선 달리 그를 광호도(狂虎刀)라고 부를 정도였다.

때문에 천사련 무인들이 이러지도 저러지도 못한 채 이를 어찌해야 하나 심히 난감해할 때였다.

딸랑—

다시금 방울 소리가 울리면서 중년인, 천사련의 환혼당주(幻魂堂主) 구양중이 눈썹을 꿈틀거리더니 천천히 자리에서 일어났다.

그가 수하들을 뒤로 물리곤 입을 열었다.

"착각하지 마라. 내가 널 두려워하는 것처럼 보이나?"

"뭐라고?"

은근한 도발에 발끈해서 당장에라도 칼부림을 할 것처럼 으르렁대는 팽한성을 응시하며 구양중이 고개를 내저었다.

"내가 말한 위험은 그런 게 아니다, 광호."

그는 자신의 손에 들린 방울을 내보였다.

"이건 환혼빙인을 조종하는 초혼령(招魂鈴)이란 기물이다.

자네도 익히 잘 알고 있겠지?"

구양중의 별호는 귀령염사(鬼鈴殮師).

그중 귀령이란 수식어를 붙게 된 것도 그가 들고 다니는 초혼령 때문이었다.

"그게 뭐 어쨌다는 것이냐?"

팽한성은 괜스레 퉁명스러운 말투로 반문했다.

사실 그는 광호도라는 별호를 그다지 좋아하지 않았다.

미친 호랑이라니.

마치 자신을 천지 분간도 못 하고 날뛰는 광인 취급하는 듯한 별호 아닌가? 그러다 보니 자연 구양중에 대한 태도도 삐딱해질 수밖에 없었다.

하지만 그런 그의 반응을 무시한 채 구양중의 말이 이어졌다.

"맨 처음의 방울 소리. 그건 내가 무언가를 안 했음에도 초혼령이 저절로 반응한 것이다."

이른바 영성을 지닌 기물이 주인에게 보내는 경고였다.

환혼당은 천사련 내에서도 전문적으로 환혼빙인을 다루기 위한 술법을 체득한 자들만 소속되어 있는 집단.

그들의 대표라 할 수 있는 구양중이 그러한 경고를 무시할 리 없었다.

"속히 대비해야 할 거다, 광호. 이건 꽤나 불길한 징조니까."

"헛소리를 아주 그럴싸하게 하는구나, 시체나 다루는 염쟁이 주제에."

"헛소리인지 아닌지는 두고 보면 알게 되겠지."

"흥, 여전히 입만 살았군."

팽한성이 콧방귀를 끼면서 그의 말을 대놓고 무시하려는 순간, 갑자기 뇌옥 안에서 한 줄기 비명성이 들려왔다.

"으아아아악!"

"웬 소란이냐!"

팽한성은 서둘러 안쪽을 향해서 소리쳤다.

그러자 뇌옥 안에서 앞서 비명을 지른 것으로 추정되는 자의 대답이 들려왔다.

"여, 여자가……!"

"여자?"

그때였다.

쾅—!

굉음과 함께 뇌옥의 두터운 철문이 부서졌다. 그 사이로 작은 인영 하나가 모습을 드러냈다.

'저건?'

딱 봐도 열다섯 남짓한 나이로 추정되는 어린 소녀.

창백한 알몸으로 서 있는 그녀의 발치에 한 사내가 죽은 듯이 쓰러져 있었다. 뇌옥의 경비를 책임지는 간수였다.

다행히 목숨을 잃지는 않았지만, 중요한 건 그게 아니었다.

'환혼빙인이 깨어나다니!'

예상치 못한 변수 앞에 모두가 당황한 가운데, 오직 구양중 혼자만 담담하기 그지없는 말투로 말했다.

"결국 일이 벌어지고 말았군."

구양중의 말에 팽한성의 눈살이 찌푸려졌다.

"설마 네놈이……."

"말했을 텐데? 나와는 아무런 관계가 없다고. 이건 저 환혼빙인 스스로 각성한 거다."

"스스로 각성했다고?"

술자의 명령 없이 환혼빙인이 스스로 움직인다는 게 가능한 일이란 말인가?

팽한성의 상식으로는 당최 이해할 수 없는 일이었다.

그러나 구양중은 달랐다.

"애당초 저것은 본가에서 제련한 환혼빙인과는 비슷하면서도 다른 별개의 존재. 뭔가 다른 힘에 의해서 움직인다고 봐야 맞겠지. 흐음, 그나저나 자력으로 움직이는 환혼빙인이라……. 이거 참. 흥미롭기 그지없군."

급박한 상황 속에서도 강시술사로서의 호기심을 드러내는 구양중의 모습에 팽한성은 내심 질렸다는 표정을 지었다.

"느긋하게 분석이나 하고 자빠져 있을 때가 아니다, 귀령."

퉁명스레 한마디 쏘아붙이면서 팽한성은 허리춤의 맹호보도를 냉큼 뽑아 들었다.

그와 동시에 곡선으로 쭉 뻗은 도신이 번쩍하는 순간,

콰르르르릉!

귀청이 찢어질 듯한 뇌성벽력과 함께 여섯 줄기의 도광이 삽시간에 환혼빙인을 에워쌌다.

하북팽가를 대표하는 성명절학, 오호단문도(五虎斷門刀)에 버금간다고 알려진 혼원벽력도(混元霹靂刀)의 위용이었다.

하지만 여섯 줄기의 도광이 환혼빙인의 몸을 가르기 직전, 그녀의 눈이 번뜩였다.

카카카캉!

쇳소리와 함께 모조리 튕겨져 나가는 도광!

어느 샌가 새하얗게 물든 오른손을 가볍게 한번 휘두른 결과였다.

팽한성이 중얼거렸다.

“냉기인가?”

자신의 공격이 맥없이 막혔음에도 팽한성은 별로 열 받거나 흥분하는 기색 없이 냉정하게 사태를 파악했다.

‘고작 삼성의 내력이라고는 하지만, 그걸 가뿐히 막아내다니.’

어차피 이번 공격으로 환혼빙인을 쓰러뜨릴 거라고는 그

역시도 기대하지 않았다. 오히려 진짜 목적은 환혼빙인의 힘이 어느 정도인지 가늠하기 위한 시험에 더 가깝다고 봐야 했다.

"정말로 내가 알던 환혼빙인과는 많이 다르군."

팽한성이 조용히 뇌까리면서 다시금 맹호보도를 휘두르려고 할 때였다.

휘류우우우우우우—!

갑자기 환혼빙인을 중심으로 거센 눈보라가 휘몰아치기 시작했다. 눈보라는 이내 가공할 냉기를 동반한 용권풍(龍卷風)으로 화했다.

"으아악!"

"모, 몸이……!"

고강한 내력의 소유자인 팽한성과 달리 천사련과 무한 지부의 무인들의 경우에는 냉기의 폭풍을 맨몸으로 버텨낼 재간이 없었다.

시시각각 얼어붙어가는 그들의 모습을 본 팽한성이 빠득 이를 갈았다.

"같잖지 않은 짓을……!"

팽한성은 휘두르려던 맹호보도를 도로 거둔 뒤 곧바로 용권풍을 향해서 돌진했다.

자칫 무모해 보이는 돌진!

하지만 그 순간 팽한성의 손에 들린 맹호보도의 도신이 푸른 광채로 물들더니, 이내 광채는 찬란한 불꽃으로 화했다.

그걸 본 장내의 무인 중 누군가가 소리쳤다.

"가, 강기(罡氣)…!"

화경급 고수들만의 전유물이자 금강석마저 두부 썰 듯 베어 넘긴다는 전가의 보도!

단숨에 세 자에 달하는 길이의 푸른 도강(刀罡)을 뽑아낸 팽한성은 그대로 맹호보도를 힘껏 내리그었다.

부우우우욱—!

푸른 도강이 허공을 가르기 무섭게 마치 비단을 찢는 듯한 소음이 사방으로 울렸다.

그와 동시에 놀라운 일이 벌어졌다.

바로 모두를 괴롭히던 냉기의 폭풍이 거짓말처럼 사라진 것이다.

갑자기 찾아온 정적 앞에 모두가 멍한 표정을 짓고 있을 때, 구양중이 입을 열었다.

"도강으로 용권풍을 이루는 기운 자체를 베어버리다니. 실로 자네다운 짓이군, 광호."

"시끄럽다."

구양중의 칭찬에도 팽한성의 굳어진 표정은 좀체 펴질 줄 몰랐다.

그럴 수밖에 없었다.

일격에 용권풍을 없애서 주변의 피해가 커지는 것을 사전에 방지하긴 했지만, 정작 용권풍을 일으킨 장본인의 모습이 어디에도 보이지 않았던 것이다.

주위를 둘러보던 팽한성의 시선이 문득 위로 향했다.

그러자 부서진 천장 사이로 밤하늘이 적나라하게 드러났고, 그 사이로 작은 점이 되어 날아가는 환혼빙인의 모습이 보였다.

'요망한 것 같으니라고!'

이를 갈면서 팽한성은 즉시 그 자리서 발을 굴렀다.

파팟!

눈 깜짝할 사이에 천장의 구멍을 뚫고 허공으로 치솟아 오르는 팽한성의 신형!

그가 막 지붕 위에 내려앉는 순간, 낯익은 음성이 등 뒤에서 들려왔다.

"서두르지 마라, 광호. 아직 그리 멀리는 못 갔으니까."

음성의 주인은 다름 아닌 구양중이었다. 팽한성은 내심 놀랍다는 표정을 지었다.

'이놈이 언제 따라온 거지?'

환혼당주라는 감투를 쓰고 있긴 하지만, 그의 무위는 기껏해야 일류 남짓. 결코 자신의 움직임을 따라잡을 만한 실력이 못 되었다.

의아해하면서 고개를 뒤로 돌리는 순간, 팽한성은 그제야 모든 걸 이해하겠다는 표정을 지었다.

구양중과 함께 서 있는 녹의인.

비록 몽면(蒙免:기존 가면과 달리 눈까지 전부 막혀 있는 가면)으로 얼굴 전체를 가리기는 했지만, 가녀린 체구와 풍만하게 굴곡진 몸매 등으로 봐서는 틀림없는 여인이었다.

그녀와 구양중을 번갈아보면서 팽한성은 말했다.

"못 보던 물건이군. 이번에 새로 만든 강시인가?"

그의 물음에 지금까지 별다른 표정의 변화가 없던 구양중의 얼굴에 처음으로 미소가 번졌다.

"역시 자네라면 바로 알아볼 줄 알았지. 이번에 환혼당에서 개발한 회심의 역작, 이른바 혈귀인(血鬼人)이라고 하지. 비록 성능은 환혼빙인보다는 떨어지지만, 대신 범용성과 가성비 면에서는 압도적으로 유리한 구조의……."

어째 쓸데없이 이야기가 길어질 것 같은 조짐이 느껴지자 팽한성은 인상을 구기면서 곧장 구양중의 말을 중간에서 끊어버렸다.

"아아, 됐고! 그보다도 바쁜 사람을 멈춰 세운 데에는 다 그만한 이유가 있겠지?"

모처럼 이야기를 하려는 데 끊어버린 것이 내심 서운하다는 표정을 짓는 것도 잠시, 구양중은 이내 환혼빙인이 사라진 방향을 바라보면서 말했다.

"아무리 기존의 환혼빙인과 다르다 한들, 환혼빙인은 환혼빙인. 내 초혼령이라면 얼마든지 놈이 있는 방향과 위치를 감지할 수 있다."

"그리 장담하는 이유는?"

"처음의 방울 소리."

한 치의 주저 없는 그의 대답에 팽한성은 나지막하게 고개를 끄덕였다.

'과연. 확실히 놈의 방울은 한발 먼저 환혼빙인의 각성을 예고하긴 했지.'

그렇다면 무작정 뒤를 쫓기보다 초혼령을 이용해서 환혼빙인의 현 위치부터 확실히 파악한 뒤, 대기 중인 맹호대와 무한 지부의 무인들을 총동원하여 보다 촘촘한 포위망을 구축하는 편이 더 나을 것이다.

시간도 훨씬 더 절약할 수 있을 테고 말이다.

'의외로 도움이 되는군.'

그러면서 한편으로는 이해가 잘되지 않았다.

제아무리 비상시라고 하지만, 분명 천사련 측에서도 환혼빙인의 회수를 간절히 바라는 상황이었다.

그런 마당에 적이나 다름없는 자신에게 아무런 조건도 없이 기꺼이 협력하다니.

'도대체 무슨 속셈이지?'

그렇게 구양중의 숨겨진 속내가 간파하느라고 미처 팽한성은 알아채지 못했다.

환혼빙인이 사라진 방향.

그 끝에 유가장이 자리하고 있다는 사실을.

第五章
동상각몽(同床各夢)

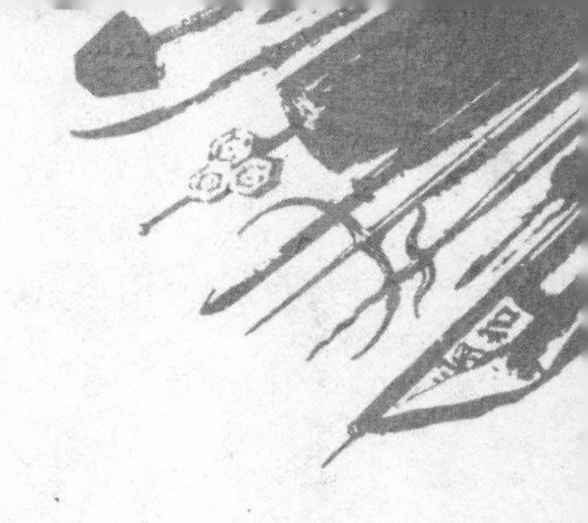

끼릭—!

귓가에 나직하게 울리는 톱니바퀴 소리에 이신은 고개를 갸웃거렸다.

'뭐지?'

분명 자신은 내력을 운용하지도 않았는데, 방금 전 배화륜이 멋대로 움직였다.

순간 착각인가 싶었지만, 그런 그의 생각을 부정하듯 시간이 지날수록 배화륜의 회전음은 더욱 커져만 갔다.

이에 이신은 묘한 기시감을 느꼈다.

'그때와 비슷하군.'

이전에도 배화륜은 이신의 의지와 상관없이 움직인 적이 있었다. 바로 성화에 의해서 폭주하는 진백의 흑염을 흡수하였을 때였다.

그때 당시 배화륜이 보여준 놀라운 공능의 비밀을 풀고자 노력해 봤지만, 안타깝게도 성과는 미비했다.

대신, 분명한 사실 하나는 알아냈다.

바로 당시에 배화륜이 보인 변화가 모두 성화로부터 비롯되었다는 것이었다.

본래 배화구륜공이 배교의 호교신공이었다는 것을 감안하면 충분히 가능한 일이라 볼 수 있었다.

이에 이신은 배화공 그 자체를 파고들기보다는 일단 금와방에 남겨진 단서를 근거로 배교 잔당들의 근거지부터 찾기로 했다.

그리하다 보면 성화에 대한 정보도 자연스레 얻을 수 있을 것이고, 그만큼 배화륜의 비밀에 대해서도 한층 더 다가갈 수 있을 테니까.

적어도 혼자서 골머리를 앓는 것보단 훨씬 더 효율적인 방법이었다.

한데 이런 식으로 뜻하지 않은 기회가 찾아올 줄이야.

'재미있군.'

특별히 내력이 폭주하거나 그럴 조짐조차 보이지 않기에 일단 조금만 더 지켜보기로 했다.

그렇게 배화륜의 움직임에 대해서 집중하고 있는 것도 잠시, 이신의 눈에 이채가 떠올랐다.

'이건?'

심장 주위로 회전하고 있는 일곱 개의 배화륜.

그것을 구성하는 기운 사이로 지금까지 보지 못했던 이종(異宗)의 진기가 어렴풋이 느껴졌다.

신기하게도 그것은 기존의 배화륜을 구성하는 기운과 전혀 반발하지 않았다. 오히려 함께 어울려서 나름의 조화와 질서를 이루고 있었다.

이에 당황할 법도 하건만, 이신은 그런 기색 없이 오히려 뭔가를 깨달은 표정을 지었다.

'성화로군.'

이종진기의 정체.

그것은 바로 지난날 진백으로부터 흡수한 암화공의 검은 불꽃, 정확히는 그 안에 녹아 있던 성화의 기운이었다.

혹시나 싶어서 의념을 집중해 봤지만, 기존에 존재하는 이신의 내력들과 달리 성화의 기운은 꿈쩍도 하지 않았다.

'도대체 이유가 뭘까.'

성화의 기운은 여태껏 이신이 눈치채지 못할 만큼 철저하게 자신의 존재를 숨겨왔다.

한데 갑자기 자신의 존재를 흐릿하게나마 드러내다니.

그 이유나 계기가 불명확해서 되려 수상쩍었다.

곰곰이 생각하던 이신의 귓가로 문득 배화륜의 회전음이 들려왔다.

끼릭— 끼리릭—!

아까 전보다 격렬하고 가쁜 회전음.

그에 따라서 성화의 기운도 점점 활발하게 움직이기 시작했다. 그 순간, 이신의 눈이 번뜩였다.

'뭔가 있다!'

배화륜의 움직임이 좀 전보다 격렬해졌다.

달리 말하면 성화의 기운이 무언가에 극렬하게 반응하고 있다는 소리!

그렇다고 해서 마냥 적대적인 느낌은 아니었다.

오히려 이것은 자신과 비슷한 존재에게 공명하는 것 같다고 할까.

그렇게 정신없이 상념에 빠져 있던 이신의 고개가 갑자기 옆으로 홱 돌아갔다. 벽밖에 없는 그곳을 바라보는 이신의 눈빛이 심상치 않았다.

'뭐지, 이 기척은?'

벽 너머.

그쪽에서 뭔가가 빠른 속도로 접근해 왔다.

중간에 위치한 장애물이나 그런 건 죄다 무시한 채로 똑바로 직진해 왔는데, 그것만 봐도 쉽게 알 수 있었다.

목표가 다름 아닌 이신 자신이라는 것을.

이신의 시선이 절로 자신의 심장 어림으로 향했다.

'이거냐? 네가 이렇게 난리를 쳐 대는 이유가?'

끼리릭—!

이신의 물음에 답하듯 심장에 위치한 배화륜의 회전음이 더욱 빠르고 커졌다.

마치 어서 빨리 만나게 해달라고 칭얼대는 듯한 그 모습에 이신의 입꼬리가 살짝 올라갔다.

'기다려라, 곧 만나게 해줄 테니까.'

그도 내심 궁금했다.

무엇이 이토록 배화륜을 애태우는 것인지.

가급적 직접 두 눈으로 보고 싶었다.

그렇게 마음먹음과 동시에 이신의 신형이 바로 훅 꺼지듯 사라졌다. 혈영보를 펼친 것이다.

사라졌던 이신이 다시 모습을 드러낸 것은 유가장의 지붕 위였다.

고고한 달빛 아래서 이신의 얼굴 위에 일시적으로 짙은 음영이 졌지만, 그와 상관없이 백광으로 물든 그의 두 눈은 점

점 더 가까워지는 신형을 응시했다.

'저건?'

신형의 주인은 다름 아닌 웬 나신의 소녀였다.

소녀는 새하얀 운무 같은 것으로 겨우 남들 보기 민망한 음부 정도나 가린 모습이었다.

그 때문에 눈을 뭉쳐 만든 듯 앙증맞은 젖가슴과 둔부가 훤히 드러나 있는 상태였다.

그럼에도 그녀는 아무렇지도 않은 표정으로 지붕과 지붕 사이를 뛰어넘길 반복하고 있었다.

자신의 투명한 속살을 고스란히 내비치고도 여인으로서 아무런 수치심도 못 느끼는 듯.

남자라면 아랫도리가 불끈하고도 남을 장면이었다.

그러나 정작 이신은 소녀의 적나라한 알몸을 보고도 눈 하나 깜짝하지 않았다.

대신 그는 의아하다는 표정을 지었다.

'어디서 많이 본 것 같은데?'

즉시 지난날의 기억을 빠르게 더듬어봤다.

그리고 얼마 지나지 않아 이신의 눈이 놀라움으로 물들었다.

'환혼빙인!'

지난날 이신을 잠시나마 고전케 하였고, 결국 신수연의 손에 쓰러져 버린 마물.

분명 무림맹에서 수거한 것으로 알고 있었거늘.

'어떻게 살아 움직이는 거지?'

아직 환혼빙인이 내내 가사 상태에 있다가 극적으로 부활했다는 사실을 모르는 이신이었다.

그렇기에 작금의 상황이 내심 당혹스러울 법도 하건만, 그는 놀라울 만큼 금세 이성을 회복했다.

'원인이 뭐든 간에 놈이 노리는 건 나다.'

그렇다면 여기서 가만히 서 있기만 해서는 안 되었다.

지금 유가장 내에선 마의가 유정검을 치료하는 중이었다.

만약 이대로 환혼빙인과 부딪쳐서 큰 소란이라도 일어났다간, 유가장은 물론이거니와 치료 중인 유정검에게 어떤 악영향이 미칠지 모른다.

그런 최악의 사태는 미연에 방지해야 했다.

'자리를 옮겨야겠군.'

이신은 곧바로 자신의 생각을 행동으로 옮겼다.

파팟!

순식간에 허공으로 치솟는 이신. 동시에 그를 따라서 환혼빙인도 허공으로 냉큼 몸을 날렸다.

그걸 본 이신은 반색했다.

'좋아, 이대로 계속 따라와라!'

그렇게 이신이 환혼빙인의 주의를 끌고 있을 때, 지상에선 한 무리의 무인들이 바삐 움직이고 있었다.

바로 무림맹 무한 지부와 천사련의 무인들이었다.

*　　*　　*

"맹호대는 투입하지 않는 건가?"

구양중의 물음에 팽한성은 대놓고 귀찮다는 표정으로 말했다.

"네놈은 적재적소란 말도 모르나?"

"적재적소?"

"본대는 어디까지나 총단 소속. 이곳 무한의 지리에 대해서 무지하다."

무릇 추적이란 얼마나 주변의 지형지물에 잘 아느냐에 따라서 결정된다고 해도 과언이 아니다.

그런 면에서 봤을 때, 확실히 맹호대는 그런 종류의 임무를 맡기에 부적합하다고 볼 수 있었다.

"괜히 멀쩡한 애들 고생시킬 바엔 차라리 이곳 무한 지부의 도움을 받는 게 훨씬 낫지."

"과연. 그런 깊은 뜻이 있었군."

이제야 알겠다는 듯 구양중이 고개를 끄덕였다.

팽한성은 그런 그의 모습마저도 눈꼴시다는 얼굴로 말했다.

"그러는 너야말로 아까 전의 그 혈귀인인지 뭔지 하는 신형 강시는 사용하지 않는 것이냐? 설마 뒤에서 가만히 손 놓고 있겠다는 건 아니겠지?"

팽한성의 날선 지적에 구양중은 유감스럽다는 표정으로 말했다.

"안타깝게도 혈귀인은 아직 다 완성된 게 아니다. 복잡한 명령을 따르기엔 역부족이지. 기껏해야 내 곁을 지키는 게 다지."

"그렇군."

겉으로는 고개를 끄덕이고 넘어갔지만, 곁눈질로 구양중을 바라보는 팽한성의 눈은 얼음처럼 차가운 빛을 머금고 있었다.

'거짓말을 아주 태연하게 하는군.'

팽한성은 구양중의 말이 거짓임을 알았다.

이유?

간단했다.

구양중의 말대로라면 혈귀인은 천사련 내부에서도 극비리에 개발되고 있는 중일 터다.

그러한 비밀스러운 전력에 대해서 있는 그대로 솔직히 털어

놓을 만큼 구양중이 어리숙한 인물일까?

답은 '아니다'였다.

만약 그가 그 정도밖에 안 되는 인물이었다면, 애당초 환혼 당주라는 직위에 오를 수조차 없었을 것이다.

정마대전 때라면 모를까 지금 무림맹과 천사련은 서로 적이나 다를 바 없었다.

당연히 상대방에게 자신이 가진 모든 패를 드러낼 필요는 없었다.

방금 전 팽한성이 그랬던 것처럼.

'수중의 패를 숨기는 건 네놈뿐만이 아니다, 귀령.'

현재 맹호대는 팽한성의 명령에 따라서 삼십 장의 거리를 유지한 채 은밀히 따라오는 중이었다.

혹시라도 팽한성이 신호탄을 터뜨리면 그 즉시 구양중과 그 일당들을 일거에 제압하기 위해서 말이다.

앞서 말한 이유들?

그런 건 다 듣기 그럴싸한 변명에 불과했다. 맹호대가 몰래 움직이고 있는 것을 숨기기 위한 변명 말이다.

팽한성은 송곳니를 환히 드러내며 사납게 웃었다.

그 모습은 광호라는 그의 별호에 소름끼칠 만큼 잘 어울렸다.

'귀령, 네놈이 무슨 꿍꿍인지는 모르겠지만, 내가 마냥 순순

히 당할 거라고 생각지 마라!'

그렇게 팽한성이 구양중에 대한 경계심을 한껏 늦추지 않고 있을 때였다.

"응?"

갑자기 구양중이 의아한 얼굴로 수중의 초혼령을 들어올렸다.

놀랍게도 초혼령은 저절로 떨리고 있었는데, 괴이하게도 아무런 소리도 울리지 않았다.

팽한성은 즉시 입가의 사나운 미소를 싹 지우면서 말했다.

"무슨 일이냐?"

"환혼빙인이 뭔가와 접촉했다."

"접촉?"

좀체 이해하기 어렵다는 팽한성의 표정에 구양중은 여전히 떨리고 있는 초혼령을 으스러뜨릴 듯 꽉 쥐면서 말했다.

"아마도 환혼빙인이 스스로 각성하는 데 지대한 영향을 끼친 원인, 혹은 그 장본인이겠지."

"배후란 소리군."

구양중의 말을 팽한성은 그리 받아들였다.

괜히 잠자고 있던 마물을 깨워서 이 난리를 일으켰으니, 당연히 그 원인 제공자에 대해서 좋게 볼 리 만무하다.

하지만 구양중은 조금 달리 생각하는 모양이었다.

"여전히 단순하군, 광호."

"뭣?"

도발적인 구양중의 말에 팽한성의 표정이 대번에 살벌해졌다.

"다시 한 번 말해봐라. 지금 누구더러……!"

"당장 뒤에서 따라오는 맹호대를 불러라."

"뭐, 뭣?"

순간 팽한성은 화내는 것조차 잊은 채 멍한 표정으로 구양중을 바라봤다.

'이놈이 어떻게……?'

이건 숫제 판을 제대로 시작하기도 전에 상대에게 자신의 패를 전부 들켜 버린 거나 매한가지인 상황이었다.

거기에 마저 쐐기를 꽂듯 구양중이 한마디 했다.

"피차 닭 쫓던 개 신세가 되기 싫다면 말이야."

"닭 쫓던 개?"

팽한성의 반문에 구양중은 대답하는 것도 귀찮다는 듯 말없이 수중의 초혼령을 힘껏 흔들었다.

그러자 몽면의 여인, 혈귀인이 그림자처럼 그의 등 뒤에서 나타났다.

파팟!

그대로 혈귀인에게 안긴 채로 날아가는 구양중!

멀어지는 그의 뒷모습을 보면서 멍하니 서 있는 것도 잠시, 팽한성은 뭔가 깨달은 표정으로 중얼거렸다.

"설마?"

그와 구양중이 움직인 이유.

그것은 따로 말한 것은 아니지만, 바로 환혼빙인을 손에 넣기 위함이었다.

즉 구양중이 말한 닭 쫓던 개 신세란 말의 의미는 그들의 목적인 환혼빙인을 누군지도 모르는 이에게 고스란히 빼앗길지도 모른다는 뜻!

그 사실을 깨닫기 무섭게 그의 얼굴이 급속도로 굳어졌다.

"빌어먹을!"

팽한성은 서둘러 품 안의 신호탄을 꺼내 들었다.

삐유우우웅—! 퍼펑!

끈을 당김과 동시에 유성처럼 기다린 꼬리를 남기며 날아오르는 폭죽.

순식간에 오색의 찬란한 불꽃이 밤하늘을 수놓았고, 그걸 본 은빛의 맹수들이 바삐 움직이기 시작했다.

*　　　*　　　*

난데없이 무한의 밤하늘을 수놓는 오색의 불꽃.

그 밝기는 생각보다 밝아서 꽤 먼 거리에서 보일 정도였다.

"축제 기간도 아니고, 웬 폭죽이지?"

오색으로 물든 밤하늘을 올려다보면서 유지광이 의아한 표정으로 중얼거렸다.

하지만 그와 달리 막 대치 중이던 신수연과 냉이상의 표정이 거의 동시에 굳어졌다.

'저건…….'

'무림맹의?'

두 사람은 불꽃의 정체가 신호탄임을 한눈에 알아봤다.

냉이상의 경우에는 천사련의 장로이기에, 그리고 신수연은 혈영대의 일조장인 터라 못 알아보는 게 더 이상한 일이었다.

"뭔가 일이 생겼군."

냉이상은 심각한 표정으로 자그맣게 뇌까렸다.

늦은 시각에 무한 시내 한복판에서 갑자기 터진 신호탄. 그것이 의미하는 바가 가벼울 리 만무했다.

더욱이 현재 그는 천사련의 사자로 파견된 몸. 직접 눈으로 사태의 경황을 확인해 볼 필요가 있었다.

'이럴 때에 아무런 연락조차 없다니. 무슨 생각인거냐, 귀령!'

새로이 파견된 또 다른 천사련의 사자, 환혼당주 구양중을 떠올리면서 냉이상은 소리 없이 이를 갈았다.

하지만 이 자리에 없는 사람을 욕하는 것도 우스운 일.

화를 가라앉힌 냉이상은 즉각 무기를 거두면서 말했다.

"오늘 비무는 여기까지만 하도록 하지. 급한 볼일이 생겨서."

갑작스러운 비무 중단에 유지광이 눈을 휘둥그레 떴다.

지난 며칠간 냉이상은 매일 밤마다 운중장을 찾아와서 신수연에게 비무를 청했다.

그 비무는 한번 시작하면 한쪽이 패배를 인정할 때까지 계속 되었다.

문제는 중간에 힘이 다해서 쓰러지지 않는 한, 냉이상의 입에서 먼저 그런 말이 나온 적은 단 한 차례도 없다는 사실이었다.

그만큼 냉이상의 승부에 대한 집착은 보는 이를 질리게 할 만큼 집요하고 광적이었다.

그런 그가 먼저 비무를 중단하자고 한다?

그것도 뻔히 눈에 다 보이는 거짓말을 하면서까지?

유지광의 시선이 자연스레 지금까지도 밤하늘을 수놓고 있는 오색의 불꽃 쪽으로 향했다.

'저게 도대체 뭐기에 냉 선배께서 비무를 다 마다하시는 거지?'

속에서 궁금증이 고개를 쳐들었지만, 직접 물어보지는 못했다.

지금까지 첫날 비무 현장에 있었다는 이유만으로 반억지로 심판을 맡긴 것을 제하고는 유지광에게 눈길조차 한 번 준 적 없는 냉이상이었다.

거기에 언제나 찬바람이 불 듯 냉랭하고 음침한 냉이상의 성격 때문에 그에게 한번 말을 붙이는 데는 생각보다 큰 용기가 필요했다.

반대로 신수연은 너무나 거침없었다.

"혼자 가려고?"

불쑥 튀어나온 그녀의 물음에 냉이상의 눈이 의외라는 듯 휘둥그레졌다.

"그 말은, 설마 너도?"

냉이상의 반문에 신수연은 고개를 끄덕였다. 그러고는 더 이상 곧장 신형을 날렸다.

눈 깜짝할 새에 쭉쭉 멀어져 가는 그녀를 바라보면서 멍한 표정을 짓는 것도 잠시, 냉이상은 히죽 웃었다.

"뭐 없는 것보단 낫겠지."

자신을 돕고자 하는 마음을 저런 식으로나마 에둘러 표현하다니.

참으로 기특하지 않은가?

'그간 부딪치면서 알게 모르게 정이 들었다는 게군.'

말없이 흐뭇한 표정을 짓는 그를 보면서 유지광은 볼을 긁적였다.

'뭔가 혼자서 말도 안 되는 착각을 하고 계신 것 같은데…….'

차마 그 말을 직접 할 수 없다는 현실이 안타까운 유지광이었다.

*　　*　　*

어미 새를 좇는 새끼 새처럼 자신의 뒤만 졸졸 따라오는 환혼빙인의 모습을 보면서 이신은 내심 직감했다.

'이제야 좀 알겠군.'

환혼빙인이 계속 자신을 뒤좇아 오는 이유.

그것은 바로 성화의 기운 때문이었다. 정확히는 성화의 기운과 환혼빙인이 서로를 부른다는 쪽에 가까웠다.

환혼빙인과 조우한 뒤부터 전과는 비교할 수 없을 만큼 격렬해진 배화륜의 회전음이 그 사실을 증명했다.

'이제 어떻게 하지?'

어느새 이신과 환혼빙인은 시내에서 벗어난 상태였다.

소란을 피하고자 장소를 옮기는 것까지는 성공한 셈.

그렇지만 정작 그 후에 환혼빙인의 처리에 관해서는 아직 생각해 둔 바가 없었다.

'없애야 하나?'

그 편이 가장 손쉽고 확실한 방법일 것이다.

하지만 환혼빙인은 현재 무림맹의 소유.

거기에 천사련도 복잡하게 얽혀 있었다.

매일 밤 냉이상이 운중장에 쳐들어와서 신수연과 비무를 해대는 것을 알고, 곧바로 소유붕을 통해서 내막을 조사하다가 알게 된 사실이었다.

'그들은 환혼빙인을 사이에 두고 첨예하게 대립하고 있다.'

이유야 어느 정도 짐작되었다.

무림맹 입장에선 이참에 환혼빙인을 철저하게 연구해서 천사련의 환혼빙인에 대한 대비책을 마련하려는 것이다.

물론 천사련 측에선 자신들의 최대 전력에 대한 기밀이 유출되는 것을 어떻게든 저지하려는 것일 테고.

그 외에도 몇 가지 변수가 더 있을 것 같긴 했지만, 현재로서 그리 중요치 않았다.

아무튼 그런 뒷사정이 있다는 것을 알기에 환혼빙인을 없애는 건 가급적 최후의 수단으로 남겨둬야 했다.

그렇다고 해서 이대로 가만히 넋 놓고 있어서도 안 될 일.

어찌 해야 하나 이신이 잠시 고민하고 있을 때였다.

쩌저정—!

얼음 벽 하나가 갑자기 이신의 코앞에 나타났다.

당장 멈추지 않았다간 그대로 얼굴부터 처박힐 상황!

하지만 이신은 멈추지 않았다.

오히려 그는 자신의 몸에 붙은 가속도 따위 그대로 무시한 채 수직으로 치솟아 올랐다.

직접 보고도 믿기지 않을 만큼 놀라운 회피 동작!

이신의 행동은 거기서 그치지 않았다.

촤좌좌좌좍—!

어둠을 밝히는 흑광의 난무!

두부 썰리듯 잘려져 나가는 얼음의 파편 속에서 이신은 애병 영호검을 든 채로 아래로 착지했다.

정면을 바라보자 무표정한 얼굴의 소녀, 환혼빙인이 멈춰서 있었다.

그녀의 유리알처럼 투명하고 공허한 눈이 말하고 있었다.

도망치지 말라고.

더 이상 헛되이 시간을 낭비하지 말라고.

이에 이신은 알 수 있었다.

눈앞의 환혼빙인이 단순히 이지를 상실한 마물이 아님을.

'일조장의 말이 사실이었군.'

그녀의 말에 따르면 환혼빙인은 죽기 직전 그녀에게 감사의 인사를 했다고 한다.

그러면서 자신의 감상을 한마디 덧붙였다.

마치 최후의 순간에 환혼빙인의 봉인된 의식이 풀려난 것 같았다고.

그때는 말도 안 된다면서 대충 흘려듣고 넘어갔지만, 아무래도 사실이었던 모양이다.

거기다 그녀는 마음만 먹었다면 얼마든지 도중에 얼음벽을 만들 수 있었다.

그럼에도 왜 지금에 와서야 이신의 발목을 붙잡은 걸까?

주변을 둘러보자 지금 그들이 서 있는 장소는 시내에서 한참 떨어진 황무지 가운데라는 것을 알 수 있었다.

달리 말하자면 누구의 방해도 받지 않을 장소라는 뜻.

만약 그걸 노리고 일부러 이 장소를 택한 거라면?

절로 감탄이 나왔다.

하지만 그도 잠시, 이신은 이내 고개를 갸웃거렸다.

'이상하군.'

아무리 성화의 기운이 그녀와 공명하고 있다지만, 단지 그 때문에 자신과의 만남을 최우선으로 삼는다?

무언가가 부족했다.

반드시 자신을 만나지 않으면 안 되는 결정적인 이유가.

그 이유를 묻고자 입을 열려는 순간이었다.

딸랑—

여름날의 풍경 소리를 연상시키는 맑은 방울 소리.

장소와 계절에 어울리지 않는 그 이명에 반응할 새도 없이 이신은 영호검을 수직으로 곧추세웠다.

카캉!

묵빛 검신을 덮치는 붉은 손톱!

그 강한 충격에도 이신의 몸은 꿈쩍도 않았다.

이에 그를 덮친 몽면의 녹의녀, 혈귀인은 서둘러 다음 공격을 이어나가려고 했지만, 그보다 이신의 움직임이 더 빨랐다.

퍼엉!

마치 가죽 북이 터지는 듯한 음향과 함께 뒤로 튕겨져 나가는 혈귀인. 이신이 검을 들지 않은 왼쪽 주먹을 뒤로 살짝 당겼다가 내지른 결과였다.

어떻게든 몸을 일으켜 세우려고 용쓰는 그녀의 모습을 보면서 이신은 차갑게 뇌까렸다.

"강시인가."

좀 전의 손맛.

사람이 아닌 마치 단단한 바위를 때리는 느낌이었다.

거기다 실제 바위도 산산조각 내는 이신의 일격을 맞고도 맨몸으로 버텨냈다는 사실 하나만으로도 평범한 인간이라 볼 수 없었다.

그때였다.

"대단하군. 혈귀인을 그리 간단하게 무력화시키다니."

이선의 시선이 옆으로 향했다. 그곳에는 처음 보는 깡마른 중년인, 귀령염사 구양중이 서 있었다.

처음엔 웬 놈인가 하는 시선이었지만, 곧 알겠다는 표정으로 이신은 말했다.

"귀령염사?"

"호, 나를 알고 있나? 이거 실력만큼이나 범상치 않은 안목이로군."

"저만한 강시를 가지고 다닐 사람은 이 무림에 몇 안 되지. 거기다 당신의 방울, 초혼령도 보통 물건이 아니니까."

처음의 방울 소리.

그 안에 실린 초혼령의 사기(邪氣)를 이신은 놓치지 않았다.

그렇기에 초혼령이 범상치 않은 기물임을 바로 알아보는 것도 모자라서 구양중의 정체까지 단숨에 유추해 낸 것이었다.

이신의 말이 끝나기 무섭게 구양중은 보는 이의 등골에 소름이 돋을 만큼 차가운 미소를 머금었다.

"초혼령까지 알고 있다니. 도대체 자네가 누구인지 궁금할 지경이로군."

그것은 미소를 가장한 협박이었다.

그의 강압적인 태도에 이신은 소리 없이 콧방귀를 꼈다.

귀령염사 구양중의 무력은 어디까지나 그가 다루는 강시에서 비롯된다.

그런 그의 주 전력이 저리 형편없이 당한 마당에 뭘 겁낸단 말인가?

하지만 마냥 무시하기엔 혈귀인이 당했음에도 여유가 묻어나는 그의 태도가 심히 거슬렸다.

'뭔가 있긴 하군.'

그런 이신의 짐작이 맞는다는 듯 구양중은 들고 있던 방울, 초혼령을 마구 흔들었다.

요란한 방울 소리가 사위를 점한다 싶은 순간, 구양중의 그림자로부터 세 개의 신형이 솟아났다.

세 명의 녹의녀.

얼굴에 뒤집어쓰고 있는 몽면이나 복장은 앞서 혈귀인과 동일했다. 다만 차이점이 있다면, 그들의 수중에 저마다 다른 병기가 들려져 있다는 사실이었다.

세 개의 갈고리가 달린 쌍조(雙爪).

끝 부분에 큼지막한 유성추가 달린 은쇄(銀鎖).

그리고 아홉 개의 마디로 나눠진 구절편(九節鞭)까지.

모두 무림에서도 쉽게 찾아볼 수 없는 기문병기(奇門兵器)들이었다.

그 세 구의 혈귀인은 단숨에 이신의 주위를 품(品)자 형태로 에워쌌고, 구양중은 의기양양한 얼굴로 말했다.

"자네 실력이 아무리 대단하다고 한들, 세 구의 혈귀인을 상대로는 좀 벅찰 테지?"

이신은 대답 대신 주변을 둘러싼 세 구의 혈귀인을 살폈다.

그녀들의 병기는 근거리와 중거리, 그리고 원거리까지 완벽하게 대처할 수 있는 조합이었다.

그러한 조합이 우연히 이뤄진 게 아니라면 필시 모종의 차륜진 역시 익히고 있을 가능성이 높았다.

구양중이 자신만만하게 구는 것도 그 때문이리라.

"자, 다치기 싫다면 순순히 밝히게. 자네는 누구인가? 어떻게 내 정체를 알고 있는 거지?"

무림에 우연이란 말은 존재하지 않는다.

모든 것은 어디까지나 눈에는 잘 보이지 않은 필연(必然) 에 의해서 일어날 뿐이었다.

그렇기에 구양중은 눈앞의 이신이 자신의 정체에 대해서 아는 것도 분명 그럴 만한 곡절이나 연유가 있기 때문이라 확신했다.

그걸 알아내고자 막 그를 핍박하려는 순간, 예상치 못한 일이 벌어졌다.

第六章
방휼지쟁(蚌鷸之爭)

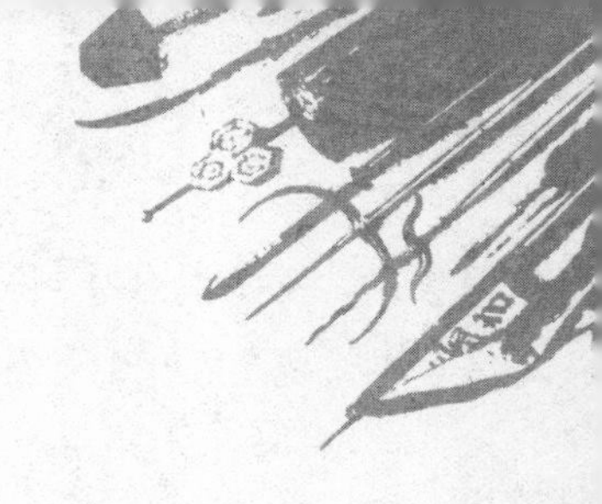

쩌저저정—!

갑자기 이신의 정면에 서 있던 쌍조의 혈귀인이 그 모습 그대로 꽁꽁 얼어붙었다.

그녀의 등 뒤에는 어느새 환혼빙인이 서 있었다.

이에 은쇄의 혈귀인이 즉각 유성추를 날렸으나, 환혼빙인은 피하기는커녕 날아가는 유성추를 파리 쫓듯 옆으로 쳐냈다.

덕분에 목표를 잃은 유성추는 그대로 얼어붙어 있는 쌍조의 혈귀인을 덮쳤다.

쾅—!

굉음과 함께 허무하게 부서져 내리는 쌍조의 혈귀인!

환혼빙인의 음기가 얼마나 지독한지 알 수 있는 순간이었다.

졸지에 제 손으로 동료를 없애 버린 은쇄의 혈귀인.

유성추를 채 회수할 틈도 없이 그녀의 머리 위로 검은 그림자가 드리웠다.

턱!

은쇄 혈귀인의 정수리에 내려앉는 새하얀 손.

얼른 그 손길을 쳐내려고 했지만, 그보다 먼저 환혼빙인의 손이 아래로 내려갔다.

우드드득—!

기괴한 파골음과 함께 몸 안으로 들어가는 은쇄 혈귀인의 머리!

한순간에 목 없는 시체로 변해 버린 혈귀인은 힘없이 앞으로 쓰러졌고, 그 모습을 환혼빙인은 무표정한 얼굴로 조용히 내려다봤다.

휘리리릭—!

그때 옆에서 독사처럼 날아드는 구절편.

환혼빙인은 피하지 않고, 뱀의 머리를 낚아채듯 구절편을 덥석 붙잡았다.

보통 같았으면 그대로 손바닥이 갈기갈기 찢겨야 하건만.

그녀의 손에 붙잡힌 구절편은 마치 아교로 굳힌 것처럼 꿈쩍도 하지 않았다.

오히려 붙잡힌 부분을 시작으로 푸른 운무가 옮겨가더니 새하얀 서리가 빠른 속도로 내려앉기 시작했다.

그러자 위기감을 느낀 구절편의 혈귀인은 서둘러 수중의 무기를 버리고, 대신 환혼빙인의 품으로 냅다 뛰어들었다.

거기까지는 그닥 나쁘지 않은 대응이었다.

강시치고 꽤 유연한 판단.

그렇게 그녀의 손톱이 허공을 가르려는 순간,

우뚝!

거짓말처럼 손톱이 환혼빙인의 코앞에서 멈춰 섰다.

자의가 아니라는 듯 혈귀인은 멈춘 채로 온몸을 바들바들 떨어댔다.

그렇지만 모두 헛된 발버둥에 불과했다.

쩌저저저적—!

곧 그녀의 몸 전체가 차가운 얼음으로 뒤덮이고 말았으니까.

통째로 얼어붙은 그녀를 무표정한 얼굴로 바라보던 환혼빙인은 그녀의 이마를 툭 밀었다.

쨍그랑!

그러자 바닥에 넘어짐과 동시에 유리 조각처럼 산산이 부서지는 혈귀인의 몸!

그렇게 환혼빙인이 세 구의 혈귀인을 쓰러뜨릴 때까지 걸린 시간은 불과 한 호흡도 채 안 될 만큼 짧았다.

그에 대한 이신과 구양중의 반응은 같은 듯 달랐다.

'전에는 주구장창 단조로운 투로만 펼치더니, 지금은 완전히 딴 사람을 보는 것 같군.'

특별한 초식이나 신기를 발휘한 것은 아니지만, 환혼빙인이 펼친 공격들은 하나같이 실전적이면서도 효율적인 살초였다.

더욱이 맨 마지막에 구절편의 혈귀인을 제압한 결정타는 놀랍게도 암경(暗勁)이었다.

맨 처음 구절편을 얼려 버린 냉기 공격은 어디까지나 그걸 감추기 위한 허초에 불과했다 물론 이신의 눈을 속일 정도까진 아니었지만, 그럼에도 내심 놀라움을 감추지 못했다.

구양중 역시 놀라워하긴 마찬가지였다.

하지만 그 이유는 이신과는 사뭇 달랐다.

'환혼빙인이 저놈을 보호했다고?'

실제로 환혼빙인이 움직인 것도 세 구의 혈귀인이 막 이신에게 적대심을 드러내는 순간이었다.

'말도 안 돼!'

아직 제대로 주인을 받아들일 의식조차 치루지 않은 강시가 특정 개인을 보호한다?

그건 절대로 있을 수 없는, 아니, 결코 일어나선 안 되는 일이었다.

그간 그와 환혼당이 심혈을 기울여서 제작한 혈귀인들의 어처구니없는 패배 따위 이미 뇌리에서 잊힌 지 오래였다.

'그분께서 명하신 임무를 이대로 망칠 수는 없다!'

구양중의 눈에 전에 없던 살기가 감돌았다.

그와 동시에 막 수중의 초혼령을 흔들려는 순간이었다.

턱—!

웬 솥뚜껑처럼 커다란 손 하나가 그의 손을 움켜쥐었다.

이에 신경질적으로 옆으로 고개를 돌리자 은빛 찰갑의 중년인이 눈에 들어왔다.

맹호대주 팽한성이었다.

순간 구양중의 미간이 찡그려졌다.

'광호가 여기 있다는 것은…….'

슬쩍 곁눈질로 주변을 살펴보자 팽한성이 입고 있는 은빛 찰갑과 똑같은 복장으로 무장한 일단의 무리가 주변을 꽉 채우고 있었다.

맹호대.

무림맹에서 자랑하는 타격대의 등장 앞에 천하의 구양중도 긴장하지 않을 수 없었다.

그사이, 바닥에 쓰러진 네 구의 혈귀인을 보고 팽한성이 툭 내뱉듯 말했다.

"혈귀인이 한 구도 아니고 세 구나 더 있다라. 이거 어째 처음에 듣던 것과는 많이 다른 것 같군."

말을 마치면서 팽한성의 얼굴이 차갑게 식었다.

"이 정도의 전력을 숨기다니. 뭐하려는 수작이지?"

으르렁대듯 내뱉는 팽한성의 물음에 구양중은 그의 손을 거칠게 내친 뒤, 조금의 표정 변화도 없이 말했다.

"딱히 한 구라고 한 적도 없을 텐데? 어쭙잖은 지레짐작은 집어치워라. 그보다 참견하지 마라, 광호."

"참견? 하, 이쪽에서 할 말을 대신하는군. 너야말로 물러나라, 귀령. 지금부터는 본맹에서 이번 일을 맡도록 하지."

"자네가 무슨 권리로 그런 말을 하는 거지?"

싸늘한 구양중의 음성에 팽한성은 실로 같잖다는 표정으로 말했다.

"권리? 여긴 엄연히 본 맹의 영역이다. 주인 된 입장에서 어찌 자기 앞마당에서 일어난 일을 나 몰라라 구경만 할 수 있지? 더욱이……."

팽한성은 허연 이를 활짝 드러내면서 사납게 웃었다.

"난 네놈을 방해하는 게 세상 그 어떤 일보다 즐겁고 보람차거든."

"광호, 네 이놈……!"

노골적인 팽한성의 견제에 구양중은 이를 빠득 갈았다.
그런 그의 모습에 팽한성은 내심 득의 어린 표정을 지었다.
'흥! 모든 게 네놈의 뜻대로만 된다고 생각하면 큰 오산이다, 귀령!'
좀 전에 구양중의 행동.
그것은 필시 환혼빙인을 조종하는 음공(音功)이자 구양중의 특기, 환혼초마령(幻魂招魔鈴)을 시전하려고 한 것이 틀림없었다.
그렇지 않고서야 그토록 냉정하던 구양중이 고작 손을 붙잡은 것만으로 저리 신경질적으로 반응할 턱이 없었다.
분명 자신의 사소한 행동이 구양중의 계획을 적잖이 어긋나게 만든 것이리라.
그것만으로도 앞서 맹호대의 존재에 대해서 맥없이 들키고 만 것에 대한 반격으로는 충분하다고 볼 수 있었다.
그러다 보니 그는 미처 눈치채지 못했다.
자신을 바라보는 구양중의 싸늘한 눈빛에 책망의 빛이 살짝 어렸다가 사라지는 것을.
'어리석은 놈 같으니. 내 누누이 경고했거늘!'
고작 자신에 대한 반감 때문에 환혼빙인을 되찾을 수 있는 유일무이한 기회를 허무하게 날려 버리다니.
구양중은 곁눈질로 이신과 환혼빙인을 번갈아봤다.

'틀림없다. 필시 저놈과 환혼빙인 사이를 연결하는 영적인 무언가가 존재하는 것이다.'

조금 전, 환혼초마령을 펼치려고 한 것도 바로 그 눈에 보이지 않는 연결고리를 한결 느슨하게 만들려고 했던 것이다.

그렇게 하면 환혼빙인은 실 끊어진 인형처럼 무력해질 것이고, 그 틈에 그녀를 무사히 회수하는 것이 그의 속셈이었다.

한데 그것이 팽한성의 방해 때문에 전부 수포로 돌아가고 말았으니 어찌 분하고 원통하지 않겠는가?

거기다 어느덧 맹호대의 포위망이 눈에 띄게 가까워져 있었다. 포위망의 규모 자체가 좁아진 것이다.

그 사실을 깨닫기 무섭게 팽한성이 말했다.

"두 번 말하지 않겠다. 부외자는 잠자코 물러나라. 이것이 마지막 경고다."

애당초 무한 지부에서 보관 중이던 환혼빙인이다.

그 회수를 무림맹에서 맡는다는 것은 너무나도 당연한 일이었다.

반면 천사련의 입장에선 이렇다 할 명분이 없었다. 거기다 이곳은 앞서 팽한성의 말마따나 무림맹의 영역. 만약 팽한성의 요구에 따르지 않을 시, 즉각 대기하고 있던 맹호대의 맹렬한 공격이 쏟아질 터.

명분이나 장소, 그리고 무력까지…….

그 모든 것이 압도적으로 구양중에게 불리했다.

그렇다고 이대로 무력하게 물러날 수도 없는 노릇.

어떻게든 상황을 타개하고자 구양중이 머리를 쥐어짜내는 사이, 팽한성은 이신에게 물었다.

"자네, 정체가 뭔가?"

팽한성은 겉모습만 보고 이신을 얕잡아보지 않았다.

세 구의 혈귀인 위로는 환혼빙인의 것으로 여겨지는 상흔이 군데군데 남아 있었지만, 단 한구의 혈귀인에게는 전혀 그러한 흔적을 발견할 수 없었다.

그렇다면 십중팔구 이신의 짓이라고 봐야 마땅할 터.

그럼에도 이신에게서는 이렇다 할 기백이나 고수로서의 풍모가 전혀 느껴지지 않았다.

정말로 그가 형편없이 약하거나, 아니면 자신의 기운을 내부로 철저히 숨길 수 있는 실력의 소유자라고 봐야 했다.

물론 팽한성의 개인적인 판단은 단연코 후자였다.

마냥 약한 자라고 보기엔 이신의 눈빛은 흔들림 없이 고요했고, 겉으로 드러난 육신의 강건함도 심히 범상치 않았기 때문이다.

'조심해서 나쁠 것 없지.'

그렇게 생각하는 가운데, 이신의 대답이 들려왔다.

"유가장의 이신이라고 합니다."

이신은 거리낌없이 자신을 밝혔다.

물론 그의 진정한 정체라고 할 수 있는 별호, 혈영사신에 대해서까지는 밝히진 않았다.

어차피 마교의 혈영사신 자체가 정확하게 누구를 가리키는지 아는 사람은 마교 내에서도 혈영대 조장 다섯 명을 제외하고는 일부 극소수에 불과하기에 가능한 일이었다.

"유가장이라고? 설마 자네가 소문의 질풍검?"

팽한성은 놀란 얼굴로 이신을 바라봤다.

놀란 것은 비단 그뿐만이 아니었다.

구양중 역시 놀란 표정을 감추지 못했다. 물론 팽한성과는 명백히 다른 의미에서의 놀람이었다.

'저놈이 바로 암혼대주를 죽인 그놈이란 말인가?'

더불어 그가 속한 집단이 수년에 걸쳐서 비밀리에 진행 중이던 대계의 일부를 한순간에 물거품으로 만든 장본인이기도 했다.

그것도 모자라서 환혼빙인 수거라는 그의 이번 임무조차 망치려고 들다니.

'악연이로다!'

그렇게밖에는 달리 생각할 수 없었다.

그때였다. 이신의 정체를 듣고 뭔가를 고민하는 눈치이던 팽한성이 불쑥 말했다.

"이 소협, 자네 나와 거래하지 않겠나?"
"거래라고요?"
뜬금없는 그의 말에 이신은 의아한 표정을 지었다.
그러거나 말거나 팽한성은 자신의 할 말을 계속 이어나갔다.
"자세한 이유는 설명할 수 없지만, 본맹에게 있어서 환혼빙인은 반드시 꼭 손에 넣어야 하는 존재일세."
무림맹에서 은밀히 추적 중인 흑막의 조직.
그들에 대한 단서를 알기 위해서라도 환혼빙인은 반드시 필요했다.
"하지만 자네는 다르지. 굳이 본맹과 척을 지으면서까지 환혼빙인을 보호해야 할 이유가 없다고 보는데, 내 말이 틀렸나?"
"……."
이신은 침묵으로 팽한성의 물음에 답했다.
눈앞에서 펼쳐지는 생각 밖의 교섭에 구양중도 내심 놀라지 않을 수 없었다.
'광호, 저놈 생각보다 제법이군.'
지금 천사련이나 무림맹에선 어떤 식으로든 환혼빙인을 소유하기 위한 명분을 내세우고 있다.
하지만 이신에게는 딱히 이렇다 할 명분이 없었다.

그저 품 안에 날아온 이름 모를 아기 새를 임의로 보호하고 있는 것에 지나지 않았다.

거기다 언젠가는 품 안의 새를 놔줘야 할 터.

이신을 어느 정도 설득하는 데 성공했다고 여긴 팽한성은 슬쩍 자신의 승부수를 띄웠다.

"만약 지금 환혼빙인을 넘겨준다면, 지금까지의 일은 전부 불문에 그치겠네. 그뿐만 아니라 본맹에서는 그에 따른 보상과 차후 자네의 안전까지도 책임질 것을 나 팽한성의 이름을 걸고 약속하지."

"끄응!"

구양중은 나지막한 침음을 흘렸다. 그는 보기 좋게 당하고 말았다는 표정을 쉬이 감추지 못했다.

다른 사람도 아닌 맹호대주의 이름을 건 약조였다.

그 이상 가는 보증수표가 어디 있단 말인가?

'제길, 설마 이런 식으로 유도하다니!'

뒤늦게 자신이 저 거래에 끼어든다고 한들, 본전도 건지지 못할 것이다.

빠르게 체념하는 것도 잠시, 구양중은 냉큼 머리를 굴렸다.

'하는 수 없군. 당장은 광호에게 맡겨두는 편이 차라리 나으려나?'

일개 개인이 천하의 무림맹, 그것도 맹호대주의 제안을 거절하기란 어려운 법.

그렇게 환혼빙인의 거취를 멋대로 확정 짓는 가운데, 이신은 굳게 다물고 있던 입을 천천히 열었다.

"넘겨줄 수 없습니다."

예상치 못한 이신의 대답 앞에 순간 일대에 무거운 정적이 내려앉았다.

팽한성은 당혹을 금치 못하는 표정으로, 그리고 구양중은 일그러진 얼굴로 이신을 바라봤다.

그렇게 얼마의 시간이 흘렀을까.

가까스로 흥분을 가라앉히면서 팽한성은 말했다.

"…이유가 뭔가?"

그의 물음에 이신은 말했다.

"대주께서 그랬듯이 저에게도 환혼빙인이 꼭 필요하기 때문입니다."

이신이 환혼빙인을 넘기지 않는 이유.

그건 바로 배화륜과 성화 간의 상관관계를 명확히 알기 위해서라도 반드시 환혼빙인이 필요하기 때문이었다.

하나 그 사실을 있는 그대로 밝혀야 할 이유는 없기에 이신은 대충 그에 대해선 두루뭉술하게 얼버무리고 넘어갔다.

물론 그 사실을 눈치채지 못할 팽한성이 아니었다.

"으음……! 굳이 밝히기 싫다면, 그에 관해서 더 이상 캐묻지는 않겠네. 하나 꼭 그렇게까지 고집을 부려야겠나?"

이신에 대한 팽한성의 인상은 의외로 그리 나쁘지 않았다.

오히려 그의 정체를 알자마자 적잖은 호감마저 느꼈다.

그도 그럴 것이 그가 쫓고 있는 흑막의 조직, 그들의 흔적 중 하나인 진백을 쓰러뜨린 것이 바로 이신이었다.

그 덕분에 내내 제자리걸음이던 수사에 약간이나마 진전이 일어났으니, 어찌 그에게 호감을 가지지 않겠는가?

어떤 의미에서 보자면 이신과 팽한성은 같은 공공의 적을 두고 있다고 해도 과언이 아니었다.

그렇기에 팽한성은 가급적이면 일을 원만하게 해결하고 싶었다. 하지만…….

'흐음, 쉬이 자신의 의견을 굽힐 성격으로는 안 보이는데…….'

암만 사정이 그렇다고 한들, 무림의 명숙인 그가 먼저 후배인 이신에게 굽히고 들어갈 수는 없는 노릇이었다.

그렇다고 해서 이대로 고집만 부렸다가 이신과의 사이가 뒤틀어지는 것도 꺼림칙했다.

자존심과 실리. 그 둘 사이에서 고민하는 가운데, 이신이 불쑥 알 수 없는 말을 툭 내뱉었다.

"정 그렇다면 본인의 선택에 맡기는 걸로 하는 게 어떻겠습니까?"

"뭐?"

그 순간, 아무 말 없이 서 있던 환혼빙인이 돌연 움직였다.

그 움직임에 맹호대가 순간 움찔했지만, 팽한성이 번쩍 손을 들어서 그들을 제지했다.

그러고는 좀체 믿을 수 없다는 얼굴로 이신과 그의 옆에 찰싹 달라붙은 환혼빙인을 번갈아 봤다.

"혹시 자네가 말한 본인이라는 게……?"

"맞습니다."

"허어, 이것 참. 설마 이런 식으로 나올 줄이야."

팽한성은 내심 한방 먹었다는 표정을 감추지 못했다.

다른 사람도 아니고, 환혼빙인으로 하여금 직접 누구와 함께 할 것인지를 결정하게 하다니.

환혼빙인을 그저 한낱 도구나 마물 정도로나 여기던 팽한성이었기에 전혀 생각지도 못한 발상이었다.

'이걸 어째야 하나.'

환혼빙인이 자의식을 가지고 행동한다는 것만으로도 충격적이거늘. 아예 스스로 자신의 주인을 고르다니.

딱 봐도 둘 사이에 남들이 모르는 뭔가가 깊게 작용하고 있는 것으로 보였다.

만약 이 상태서 강제로 둘 사이를 갈라놓기라도 했다간 앞서 그녀가 각성했을 때와 같이 적잖은 피해가 나오고 말 것이다.

그럴 바에는 차라리 이신에게 환혼빙인을 맡기고, 나중에 개인적으로 몰래 협조를 구하는 편이 오히려 더 나을지도 모른다.

'귀령 놈에게 넘기는 것보다야 백배는 더 낫지.'

그렇게 팽한성의 마음이 살짝 기우려는 순간이었다.

"궤변이군."

갑자기 불쑥 튀어나온 차가운 음성의 주인은 다름 아닌 구양중이었다.

"부외자는 나서지 말라고 했을 텐데, 귀령."

팽한성은 으르렁대듯 말했다.

구양중의 이의 제기보다는 좀 전에 자신이 했던 말을 그가 무시하고 있다는 사실이 더 불쾌한 눈치였다.

하나 팽한성의 노기는 본체만체하면서 구양중은 자기 할 말만 계속 이어나갔다.

"환혼빙인의 선택에 맡긴다라. 말은 제법 그럴싸하지만, 실상 그것이 전혀 공정치 않은 방법이란 걸 내가 모를 줄 알았나?"

"공정치 않다라. 무슨 말씀인지 모르겠습니다만?"

이신의 반문에 구양중은 가벼운 콧방귀와 함께 냉소를 머금었다.

"흥! 시치미 떼지 말게. 자네와 환혼빙인은 이미 심령으로 긴밀하게 이어져 있는 상태 아닌가? 그런 상황에서 환혼빙인의 선택에 맡긴다? 웃기는 소리군."

'역시 눈치챘나?'

하긴 환혼빙인은 처음부터 대놓고 이신에게 달라붙는 것도 모자라서 이신에게 적대하는 사람에게는 격렬하게 이를 드러냈다.

그런 정황만 보더라도 모르는 게 더 이상했다.

하지만 그와 별개로 이해할 수 없는 사실이 하나 있었다.

'왜 이렇게까지 환혼빙인을 확보하는 데에 열을 올리는 거지?'

비교적 같은 입장이라 할 수 있는 팽한성 쪽은 되려 교섭의 여지를 두는 것과는 확연히 다른 태도였다.

심지어 팽한성이 등장하기 전까지만 해도 그는 이신을 죽여서라도 환혼빙인을 무조건 손에 넣으려고 했다.

한낱 신외지물 때문에 사람을 죽인다?

그 자체는 드물진 않은 일이다. 문제는 그 동기였다.

처음 천사련 측에서는 환혼빙인이 자신들과 관련 없다고 했었다.

한데 얼마 지나지 않아 갑자기 손바닥 뒤집듯이 태도를 바꾸더니, 이미 북망귀검을 사자로 보낸 상태에서 추가로 환혼당

주인 귀령염사를 보내면서까지 환혼빙인의 회수에 열을 올렸다.

혹여 환혼빙인의 제조법이 외부로 유출될지도 모른다는 명분하에.

'그딴 건 핑계에 불과하지.'

환혼빙인의 제조법은 어디까지나 구양세가 고유의 기술이었다.

타인이 그것을 아무리 연구하려고 한들, 환혼빙인 제련술의 핵심이 되는 기술과 전반적인 배경지식 없이는 말짱 도로 아미타불이었다.

고로 제조법의 유출은 있으래야 있을 수 없는 일.

이는 달리 해석하자면 남들에게는 밝혀져선 안 되는 비밀이 환혼빙인 안에 숨겨져 있다거나 그에 준하는 무언가가 있기 때문이라고밖에는 볼 수 없다.

'설마…….'

별안간 이신의 뇌리에 스치듯 떠오르는 생각.

그의 시선이 옆에 붙어 있는 환혼빙인에게로 향했다.

내내 무덤덤하던 그의 얼굴이 처음으로 굳어졌다.

'환혼빙인 안의 성화 때문에?'

자신이 떠올렸음에도 내심 말도 안 된다고 여겼지만, 이상하게도 이신의 축은 그쪽으로 급격히 기울었다.

현 무림에서 성화의 존재에 대해서 아는 것은 이신과 유세화를 제외하고는 진백이 속한 배교의 잔당뿐이었다.

천사련 측에서는 알래야 알 수가 없었다.

그러나 어디에나 예외는 있게 마련이었으며, 또한 이신은 이미 알고 있었다.

배교의 잔당으로 추정되는 의문의 단체가 무림맹도 모자라서 구대문파와 천사련, 심지어 마교에까지 깊숙이 마수를 뻗쳤을지도 모른다는 사실을.

'만약 이번 일도 그놈들이 뒤에서 꾸민 짓이고, 귀령염사는 어디까지나 위의 지시를 받은 수족에 불과하다면?'

그리 생각하면 아귀가 얼추 맞아떨어진다.

환혼빙인에 대한 구양중의 지나칠 정도의 집착.

그리고 자신과 환혼빙인의 관계에 대해서는 눈치챘음에도 정작 그 원인에 대해서는 잘 모르는 이유 역시도 설명이 가능해진다.

'그리 된 거였군.'

이신은 그제야 어느 정도 납득한 표정으로 바뀌었다.

그런 가운데 최후통첩을 하듯 구양중의 음성이 들려왔다.

"지금 당장 환혼빙인을 넘겨라. 그렇지 않으면, 네놈뿐만 아니라 유가장 역시도 화를 면치 못할 거다."

"뭐?"

구양중의 협박에 순간 이신의 표정이 싸늘하게 변했다.

그와 동시에 장내의 공기가 바뀌었다.

"커억!"

구양중은 신음성을 토하면서 한쪽 무릎을 꿇었다.

그뿐만이 아니었다. 맹호대는 황급히 팽한성의 주변을 빈틈없이 둘러싸는 포진을 취했다.

그들의 얼굴은 식은땀과 함께 공포로 물들었다.

팽한성 역시 표정이 안 좋기는 매한가지였다.

'뭐, 뭐냐, 이 살기는……!'

화경급의 고수인 그조차 소름이 돋다 못해 피부가 찌릿찌릿한 무형의 살기라니!

싸늘한 표정의 이신은 좀 전과는 완전히 다른 사람 같았다.

뭣보다 구양중을 향한 저 눈빛!

차갑다 못해서 아예 감정마저 메마른 듯한 저 눈빛은 마치 자신보다 약한 생물을 바라보는 거대한 포식동물의 그것처럼 느껴졌다.

그래서일까?

이신과 정면으로 눈을 마주한 구양중은 연신 헉헉대는 것도 모자라서 온몸이 식은땀으로 흠뻑 젖은 지 오래였다.

끝내 그는 얼마 지나지 않아서 허물어지듯 그 자리에 쓰러지고 말았다.

힘겹게 겨우 고개만 든 그의 얼굴은 한껏 일그러져 있었다.

'이, 이놈, 뭐지? 정말로 나와 같은 인간이 맞단 말인가?'

겨우 무형지기 하나만으로 그를 이리 무력하게 만들다니.

구양중이 속으로 경악하는 가운데, 이신이 말했다.

"귀령, 세상에는 해도 될 말과 안 되는 말이 존재한다."

자신을 건드리는 거쯤이야 별반 상관없었다. 어차피 스스로 감당하고 책임지면 그뿐이니까.

그렇지만 유가장의 경우는 달랐다.

"네놈은 절대로 해선 안 될 말을 했다. 그것이 너의 실수다."

마치 최후통첩과 같은 이신의 말에 순간 마지막 발악이라도 하듯 구양중이 외쳤다.

"어, 어리석은 놈! 내, 내 뒤에 누가 있는 건지 정녕 모르는 것이냐!"

자신을 죽이면 구양세가가 움직인다.

구양세가가 움직인다는 말은 천사련 역시도 움직일 가능성이 높다는 소리!

그러나 어찌 보면 그것은 조금이라도 자신의 목숨을 건질 확률을 더 높이기 위한 구양중의 도박이라 볼 수 있었다.

초조한 얼굴의 구양중과 달리 이신은 얼음장처럼 싸늘한 얼굴로 말했다.

“흔히 강호에서는 이렇게들 말하더군. 죽은 자는 말이 없다고.”

“……!”

그의 단호한 대답에 구양중뿐만 아니라 대화를 지켜보던 팽한성 등의 표정 역시 굳어졌다.

‘더 이상 지켜만 볼 수는 없겠군.’

이번 일이 단순히 이신과 구양중 간의 개인적인 다툼으로 끝난다면 모를까, 나아가서 유가장과 천사련의 대립으로 발전한다면 그땐 손을 쓸 수 없을 만큼 일이 커지고 만다.

그 전에 막지 않으면 안 되었다.

팽한성의 손이 허리춤의 맹호도로 향하는 것을 이신은 놓치지 않았다.

‘역시 움직이는 건가?’

그래도 상관없었다.

어차피 혼자서 이 자리에 있는 모두를 쓰러뜨릴 자신이 있었고, 그에 걸맞은 실력 역시 가지고 있었으니까.

그 역시도 영호검을 뽑으려고 할 때였다.

“응?”

돌연 차가우면서도 보드라운 감촉이 이신의 오른손을 감쌌다.

무심결에 고개를 돌리자 옆에 서 있던 환혼빙인이 자신의 손과 그의 손을 한데 포개고 있었다.

그뿐만이 아니었다.

환혼빙인, 그녀의 무감정한 눈 위에 흐릿하게 피어오른 백색의 불꽃이 그의 시선을 사로잡았다.

'이건?'

그것이 배화공을 운용할 때 일어나는 백광과 매우 흡사하다고 느낄 때, 이신의 뇌리로 한 줄기 음성이 들려왔다.

[성화의 의지를 수호하는 자여! 그대에게 그 파편의 일부를 맡기노라!]

'으음!!'

의문의 음성이 끝나자마자 이신의 몸은 마치 벼락이라도 맞은 것처럼 파르르 떨리기 시작했다.

그로 인한 여파로 장내를 장악하던 그의 살기는 씻은 듯 사라졌고, 덕분에 자유의 몸이 된 구양중이 죽다 살아났다는 얼굴로 한숨을 내쉬었다.

'후우, 살았군! 그나저나 이게 도대체 어찌 된 일이지?'

당장에라도 자신을 베어 죽일 것 같던 이신이 돌연 살기를 거두다니.

도대체 무슨 심경의 변화인지 좀체 알 길이 없었다.

그때였다.

"어, 어?"

돌연 맹호대 무인 중 하나가 눈을 휘둥그레 떴다.

기강이 철저한 맹호대로선 보기 드문 모습.

처음에는 의아함을 느낀 구양중이었으나, 곧 다른 맹호대 무인들뿐만 아니라 팽한성 역시도 당황한 표정을 짓는 게 보였다.

'뭐지?'

도대체 무슨 일이기에 하나같이 저런 반응을 보인다는 말인가?

궁금한 마음에 고개를 돌리는 순간, 구양중은 자신의 눈을 의심했다.

그럴 수밖에 없었다.

이신과 환혼빙인. 느닷없이 두 사람이 마치 열렬한 연인 사이라도 된 것처럼 진한 입맞춤을 나누기 시작했으니까.

구양중과 팽한성, 그리고 맹호대는 멍한 얼굴로 두 사람의 갑작스러운 애정 행각을 바라봤다.

마치 닭 쫓던 개가 지붕을 쳐다보듯이.

第七章
팔륜각성(八輪覺醒)

'저, 저게 뭐하는 짓거리지?'

제아무리 환혼빙인의 외모가 상당하다고 하지만, 저리 서슴없이 남들의 시선에 아랑곳하지 않고 입맞춤을 나누다니.

갑자기 발정나기라도 한 거란 말인가?

하지만 이상하게 바라보는 주위의 반응과 달리 이신은 딱히 환혼빙인에게 욕정을 품거나 혹은 딴마음을 가지고 있는 게 아니었다.

무엇보다 입맞춤을 주도한 쪽은 그가 아닌 환혼빙인 쪽이었다.

'미치겠군.'

방금 전 의문의 환청과 함께 이신의 몸은 내내 자신의 의지와 상관없이 꿈쩍도 할 수 없었다.

갑작스레 자신의 품에 파고들어서 냅다 입맞춤을 해대는 환혼빙인을 미처 막지 못한 것도 그 때문이었다.

덕분에 원치 않게도 환혼빙인의 촉촉하고 부드러운 입술의 감촉이라든지 덜 부푼 젖가슴 등을 생생하게 느낄 수 있었지만, 중요한 것은 그게 아니었다.

그녀의 입술을 통해서 전해지는 뜨거운 열기를 내포한 기운!

그 정체가 성화의 기운임을 이신은 본능적으로 깨달았다.

'좀 전의 환청은 성화에 남겨진 사념 같은 것인가?'

그렇게 생각하는 게 타당하리라.

본디 성화란 일종의 기운이면서 동시에 고도의 주술로 만들어진 실로 불가사의한 존재.

그것을 일반적인 상식의 잣대로 생각하는 것만큼 어리석은 짓은 없다.

그렇게 그의 몸 안으로 흘러들어온 성화의 기운은 곧장 하단전으로 향했다.

화르르르륵!

마치 뜨거운 용암과 같은 것이 자신의 아랫배에서 분출되는 듯한 느낌에 이신은 저도 모르게 움찔했다.

'크흑, 엄청난 열양지기다!'

일곱 개의 배화륜으로 한꺼번에 배가한 내력도 이 정도까지는 아니었다.

그 엄청난 열기에 놀라는 것도 잠시, 이신은 자신의 의지와 상관없이 단전의 내력이 저절로 움직이기 시작하는 것을 느꼈다.

이에 혹시 모를 주화입마를 막고자 내력의 움직임을 제지하려는 찰나, 이신은 화들짝 놀라고 말았다.

'이건 배화구륜공의……?'

무작위로 마구 움직이는 줄로만 알았던 내력의 경로는 놀랍게도 배화구륜공의 구결과 일치했다.

거기에 내력에 녹아들어 있는 성화의 기운은 전신의 기혈을 내달리는 내내 세맥 곳곳에 쌓여져 있는 불순물이나 탁기를 말끔히 태워 없애 버렸다.

이에 이신은 처음 생각과 달리 일단 가만히 상황을 지켜보기로 결심했다.

'어쩌면…….'

이번 기회를 통해서 그토록 바라왔던 팔륜의 경지에 도달할지도 모른다는 직감 비슷한 것이 이신의 뇌리를 스치고 지나갔다.

단순한 직감에 불과했지만, 이신은 그것을 결코 가벼이 여기지 않았다.

그러는 사이, 이신의 몸 전체를 몇 바퀴 휘돌던 내력은 곧장 심장 쪽으로 향했다.

우우우우우웅—!

내력을 받아들인 배화륜은 회전을 넘어서 일종의 공명음을 자아냈다.

성화의 기운에 반응한 것이다.

동시에 내력을 받아들인 배화륜의 크기가 조금씩 커지기 시작했다. 전혀 예상치 못한 일이었지만 이신은 지금껏 느껴보지 못한 충족감을 느꼈다.

마치 지금껏 채우지 못한 오랜 갈증을 말끔히 해소하는 것 같은 기분!

그 상쾌함은 직접 느껴보지 않으면 설명하기 어려울 정도였다.

'아아!'

이내 그는 서 있는 채로 무아지경과도 같은 상태에 빠져들었다.

어찌나 몰입했는지 어느덧 환혼빙인이 한 발짝 뒤로 물러난 채 자신을 가만히 바라보는 것조차 미처 깨닫지 못할 정도였다.

그 모습은 흡사 이신이 중요한 순간을 맞이한 것을 눈치채고, 알아서 자리를 피해준 것 같은 느낌이었다.

하지만 장내의 모든 이가 환인빙인처럼 사려 깊게 이신의 사정을 다 헤아려 준 것은 아니었다.

환혼빙인이 이신에게서 떨어진 것을 본 팽한성의 눈이 번뜩였다.

'질풍검에게는 미안하지만…….'

그에게 있어서 이신과의 동맹보다도 더 우선시되는 것은 누가 뭐래도 환혼빙인의 회수였다.

그런 의미에서 봤을 때, 이신이 뭔지 모를 깨달음을 얻고 완전히 무방비 상태가 된 지금 이 순간이야말로 절호의 기회였다.

팽한성은 애써 이신에 대한 미안함을 감추면서 수하에게 명했다.

"회수해라."

그리고 그의 명령이 떨어지기 무섭게 맹호대 무인 몇 명이 환혼빙인에게 접근하려는 찰나였다.

치르르르르릉!

"크으윽!"

"으아아아악!"

난데없는 요란한 방울 소리가 삽시간에 사위를 뒤덮었고,

동시에 환혼빙인에게 접근하려던 맹호대의 무인들이 비명을 토하면서 쓰러졌다.

뿐만 아니라 나머지 맹호대 무인들 역시 안색이 새파랗게 굳어졌다. 내공이 상대적으로 약한 무인들은 아예 내부의 기혈이 뒤틀려서 피마저 토할 지경이었다.

뒤늦게 호신강기를 펼치면서 팽한성은 이를 악물었다.

"크으윽, 귀령 네 이놈……!"

방울 소리를 울린 장본인은 다름 아닌 구양중이었다.

일반적으로 알려진 구양중의 특기는 초혼령을 이용한 강시술뿐이었다.

그렇기에 그가 부리는 강시가 모두 쓰러진 이상, 더는 신경 쓸 필요가 없다고 여겼거늘.

'놈의 음공이 이 정도로 가공할 줄이야!'

제대로 허를 찔리고 만 터라 팽한성은 분하기 그지없었다.

구양중은 무표정한 얼굴로 그를 바라보면서 말했다.

"가급적 원만하게 해결하고 싶었지만, 상황이 여의치 않군. 내 입장을 이해해라, 광호."

"개소리 지껄이지 말… 크억!"

팽한성은 말하다 말고 각혈했다.

'뭐, 뭐지? 분명 음공은 호신강기로 방어하고 있었는데, 어째서……?!'

뭔가 잘못되었다.

그리 판단한 팽한성의 귓가로 궁금증에 대한 답을 말하듯 구양중의 음성이 들려왔다.

“수라마혼령(修羅魔魂鈴). 지금은 아는 사람이 드물지만, 한때 십대마공의 한 자리를 당당히 차지한 절학이었네. 무림의 그저 그런 음공과 똑같이 취급하면 섭섭하지.”

“크으윽! 네, 네놈, 이, 이러고도 무사할 것 같으냐!”

자신은 엄연히 무림맹의 맹호대주.

혹시라도 그가 이런 곳에서 죽음을 맞이한다면 무림맹 측에서 결코 가만히 있을 리 없었다.

당연히 무림맹과 천사련 간에 본격적인 전쟁이 시작될 터.

물론 그 시발점이 된 구양중 역시 무사할 리 없었다.

하나 구양중은 팽한성의 말에 겁먹기는커녕 도리어 그를 비웃기라도 하듯 말했다.

“죽이지는 않는다. 다만 제압할 뿐이지.”

“…이, 이 개 자식이!”

욕지거리와 함께 팽한성의 눈에서 서슬 퍼런 살기가 떠올랐다. 그런 그의 반응이 재미있다는 듯 구양중이 웃으면서 말했다.

“너무 억울해하지 말게나, 광호. 누구에게나 숨겨둔 이빨 하나 정도는 있는 거 아니겠나? 그리고…….”

그는 일부러 한 차례 뜸을 들인 뒤 말했다.

"나 역시 자네를 방해하는 게 세상 그 어떤 일보다 즐겁고 보람차다네."

"크윽!"

설마 앞서 자신이 했던 말을 이런 식으로 되돌려 받게 될 줄이야.

팽한성이 분한 마음을 억누르지 못하고 억지로 내력을 전신으로 휘돌리려는 찰나였다.

치르르르르르르릉—!

또다시 장내에 울려 퍼지는 방울 소리!

동시에 팽한성의 이마 위로 거미줄처럼 흉측한 실핏줄이 마구 돋아났다.

"끄으으으윽……!"

음공이란 본디 공기 중의 소리 속에 무형의 내기를 실어서 상대를 공격하는 무공.

때문에 일반적인 방식으로는 음공을 방어할 수 없었다.

그렇다고 한들 호신강기마저 무력화시킬 줄이야.

덕분에 팽한성이 할 수 있는 거라고는 기껏해야 내력을 끌어올려서 내부의 기혈을 보호하는 정도의 선에서 그쳤다.

하지만 그러는 것도 한계가 있었다.

"커윽……!"

결국 얼마 버티지 못하고 팽한성은 신음성과 함께 바닥에 완전히 주저앉고 말았다.

그렇게 맹호대뿐만 아니라 팽한성까지 완전히 제압하는 데 성공한 구양중은 미련 없이 고개를 돌렸다.

그의 서늘한 눈빛이 이신에게 비수처럼 꽂혔다.

구양중이 무심한 얼굴로 막 수중의 초혼령을 흔들려고 할 때였다.

[끼아아아아악—!]

듣는 이로 하여금 소름이 확 돋게 하는 귀곡성!

그와 함께 환혼빙인이 푸른 냉기의 운무를 두른 채 구양중을 향해서 짓쳐 들어갔다.

이를 본 구양중은 전혀 당황하지 않고 조그맣게 뇌까렸다.

"역시 움직이는 건가."

지금껏 자신이 아닌 이신을 향한 살기에 귀신같이 반응하던 환혼빙인이다.

당연히 이번에도 그럴 거라는 건 쉬이 예상할 수 있었다.

"비록 아까 전에는 광호 때문에 불발로 끝나고 말았지만……."

구양중은 흔들다 말았던 초혼령을 마저 경쾌하게 흔들었다.

딸랑 딸랑—!

그러자 수라마혼령 때와 달리 영롱한 방울 소리가 장내에 울렸다. 그리고 거짓말처럼 환혼빙인의 움직임이 그 자리에서 뚝 멈추었다.

환혼초마령.

가장 세간에 많이 알려진 구양중의 특기이자 그 어떤 강시도 제 것처럼 부릴 수 있는 음공이었다.

물론 환혼빙인은 어떻게든 환혼초마령에 저항하려는 듯 온몸을 부르르 떨어댔지만, 본질이 강시인 이상 환혼초마령에 완벽하게 저항하기란 불가능했다.

더욱이 그녀는 몸 안의 성화를 이신에게 넘긴 상황이기에 이전과 같은 힘을 발휘할 수는 없었다.

그렇게 환혼빙인을 강제하는 데 성공한 구양중의 시선이 다시금 이신에게로 향했다.

'저놈은 위험하다.'

여전히 환혼빙인의 회수에만 열을 올리는 팽한성과 달리 구양중은 이신에 대한 경계심이 높아졌다.

그도 그럴 것이 이신과 관계되는 순간부터 구양중이 구상했던 모든 것이 엉망진창으로 돌아갔다.

뿐만 아니라 오랜 기간 심혈을 기울여서 제련한 혈귀인 네 구 역시도 복구가 불가능할 정도로 무참하게 파괴되지 않았던가?

더욱이 그가 이신을 제거하기로 마음먹은 계기는 따로 있었다.

방금 전의 살기!

그것은 무형의 기운임에도 구양중의 숨통을 옥죌 만큼 강렬한 압박을 주었다.

이를 통해서 구양중은 깨달았다.

만약 이신이 그럴 마음만 있었다면, 구양중뿐만 아니라 팽한성을 비롯한 맹호대까지도 이 자리에 있는 모두를 몰살시키고도 남았으리라는 것을.

그걸 간파한 마당에 더는 이신을 가만히 내버려둘 수 없는 노릇이었다.

저토록 강한 자라면 아예 한편으로 끌어들이던가, 아니면 이참에 확실하게 제거하는 게 옳았다.

물론 구양중은 후자 쪽으로 강하게 마음이 기울었다.

'이미 진백과 암혼대를 몰살시킨 작자다. 절대로 우리와 같은 편이 될 리가 없지.'

이제 환혼빙인의 회수 따위는 중요하지 않았다.

그의 목적은 오직 단 하나.

바로 이신의 죽음이었다.

애당초 앞서 팽한성을 위시한 맹호대와 환혼빙인 등을 제압한 것도 혹시라도 있을지 모를 방해를 미연에 방지하기 위함이었다.

게다가 이신 한 명을 죽이고자 살인멸구를 감행하는 것도 모자라서 꼭꼭 숨겨두고 있던 비장의 한 수마저 드러낸 마당이었으니 그의 행동은 더욱 거칠 것 없었다.

이윽고 구양중은 품 안에서 웬 비수 하나를 꺼내 들었다.

비록 겉으로 티내진 않았지만, 사실 지금 그는 매우 지쳐 있는 상태였다.

수라마혼령은 그 가공할 위력만큼이나 내력의 소모가 어마어마했기 때문이다.

지금도 그의 몸은 땀으로 범벅이 되었고, 단전은 아예 텅 빈 상태라서 당장에라도 쓰러져도 전혀 이상할 것 없었다.

그래도 그는 용케 버텼다.

어떻게든 임무를 완수해야 한다는 책임감과 조직에 대한 충성심이 그것을 가능케 했다.

비록 사용 가능한 내력이 전무하다는 사실이 못내 아쉬웠지만, 어차피 사람을 죽이는 데는 칼 한 자루만 있어도 충분했다.

더욱이 지금 이신은 누가 봐도 무방비 상태!

이런 절호의 기회를 놓칠 수는 없었다.

구양중은 남아 있는 모든 힘을 끌어 모아서 그대로 비수를 내던졌다.

'이걸로 끝이다!'

쫘아아아악—!

마치 비단천이 갈라지는 듯한 음향과 함께 쏜살같이 허공을 가르는 비수!

그렇게 이신의 심장에 날카로운 비수가 꽂히려는 순간이었다.

화르르륵—!

장내가 난데없는 백열의 불길로 뒤덮인 것은.

"크윽!"

갑자기 덮쳐 오는 백색의 불길에 놀란 구양중은 허겁지겁 뒤로 물러났다.

그럼에도 불길이 자아내는 열기에 온몸이 타들어갈 듯한 느낌이었다.

그것이 거짓말이 아님을 증명하듯 아까 전에 그가 던진 비수는 이신에게 격중하긴커녕 진즉에 허공에서 한줌의 쇳물로 녹아내린 지 오래였다.

그만큼 백색의 불길이 가진 열기는 엄청났다.

뜻밖의 상황 앞에 어쩔 줄을 몰라 하는 가운데, 문득 뜨거운 불길 사이를 아무렇지 않게 가르면서 걸어 나오는 신형이 보였다.

이내 백열의 불길은 잦아들었고, 불길 속에 가려져 있던 신형의 정체 역시 금세 드러냈다.

칠 척에 달하는 장신을 흑의무복으로 가린 그는 아무렇게나 헝클어진 장발에다 관옥처럼 잘생긴 외모도 아니었지만, 대신 그 어떤 불꽃보다도 강렬한 열기와 한겨울의 북풍과 같은 서늘한 냉기를 동시에 머금은 눈빛을 가지고 있었다.

세상에 그러한 눈빛을 가진 이는 단 한 명뿐이었다.

"네, 네놈……!"

구양중은 차마 믿을 수 없다는 눈빛으로 흑의 사내를 바라봤다.

그러다가 얼른 정신을 차리고, 냉큼 단전에 남아 있는 내공 한 톨을 억지로 끌어내서 수라마혼령을 펼치려고 했다.

하지만.

쨍그랑!

그보다 먼저 허공을 격하고 날아온 지풍 한 줄기가 초혼령을 박살 냈다.

박살난 초혼령의 잔재를 멍하니 바라보는 구양중,

그의 시선이 이내 자신을 가리키고 있는 흑의 사내의 검지로 향했다.

이에 흑의 사내, 이신은 담담한 표정으로 말했다

"잔재주를 피우게 놔둘 수는 없지."

"……!"

그다지 큰 목소리도 아니었지만, 구양중의 귀에는 이신의 말이 그 어떤 뇌성벽력보다도 크게 들렸다.

그만큼 이신의 부활은 그에게 크나큰 충격이면서 하나의 거대한 재앙이라고 볼 수 있었다. 더욱이 이전보다도 이신에게서는 어떠한 기운도 느껴지지 않았다.

마치 무공이라고 일초반식도 모르는 사람과 같은 느낌이었지만, 그것이 얼마나 큰 착각인지는 구양중은 잘 알고 있었다.

지금 이신은 자신의 기운을 하나도 남김없이 안으로 갈무리한 것이다.

달리 말하면 모든 기혈과 경락에 진기가 끊임없이 흐르는 것을 넘어서 모든 진기를 자신의 통제하에 완벽히 제어하고 있다는 소리!

그것이 의미하는 바는 단 하나뿐이었다.

"서, 설마 반박귀진(返樸歸眞)?"

"……."

"허!"

이신의 침묵으로 구양중의 말을 긍정했고, 구양중은 헛웃음을 터뜨렸다.

반박귀진.

그것은 초인의 경지라고 불리는 화경을 넘어서 무려 신을 엿보는 단계, 입신경을 달리 부르는 말이 아닌가?

기껏 해야 이립에 불과한 이신이 벌써부터 그런 까마득한 경지에 들어서다니, 도대체 그의 한계가 어디까지인지 헤아리기 어려울 정도였다.

그뿐만이 아니었다.

구양중은 잘 모르겠지만, 지금 이신의 심장 어림에 자리한 배화륜의 개수는 이전보다 정확하게 하나 더 늘어나 있었다.

비록 만들어진 지 얼마 되지 않아서 그 크기가 다른 배화륜과 비교해서 확연히 작고 가늘었지만, 그래도 그것은 분명 그가 그토록 오랫동안 바라 왔던 팔륜의 경지에 이르렀다는 증거였다.

팔륜의 경지!

그 꿈만 같던 경지에 올랐기에 이신은 단숨에 노화순청(爐火純青)을 넘어서 완벽한 반박귀진의 경지에 이를 수 있었던 것이다.

이건 스스로도 예상치 못한 쾌거였다.

어쨌든 더 이상 자신에게 승산이 없다는 사실을 깨달은 구양중은 침통한 얼굴로 밤하늘을 올려다봤다.

먹물을 뿌린 듯 별 하나 보이지 않는 칠흑 같은 어둠이 밤하늘을 감싸고 있었다.

그것이 마치 자신의 암담하기 그지없는 지금의 현실처럼 느껴져서 구양중은 저도 모르게 한탄하듯 중얼거렸다.

"끝내 이렇게 하늘이 준 기회를 놓치고 만 것인가?"

왠지 모를 회한마저 느껴지는 그의 말에 이신은 천천히 고개를 내저었다.

그러고는 이내 단호한 음성으로 말했다.

"틀렸소. 애당초 하늘은 당신 편이 아니었으니까. 하물며 무고한 인명을 해하면서까지 목적을 이루는 자들에게 천명이 따를 리가 없지."

"……."

직설적인 이신의 말에 구양중은 이를 빠득 갈 뿐, 뭐라고 반박하지 못했다.

이신의 말이 계속 되었다.

"거기다 당신, 그다지 신뢰받지 못하는 것 같군."

"뭣?"

알 수 없는 이신의 말에 반문하려는 찰나, 이신은 순식간에 구양중의 코앞까지 당도했다.

이에 구양중은 말하다 말고 소스라치게 놀라고 말았다.

그의 눈에 보인 이신의 움직임은 오직 처음과 끝만 존재할 뿐이었다.

그 중간 과정은 아예 통째로 생략된 듯한 느낌이었는데, 극한을 넘어서 신공절학의 반열에까지 다다른 혈영보의 묘용이었다.

물론 그걸 모르는 구양중의 입장에선 마치 이신이 전설로 전해지는 축지성촌(縮地成寸)의 보법을 펼친 게 아닌가 하는 착각이 들 정도였다.

그러거나 말거나 이신은 맹금류가 발톱으로 먹이를 낚아채듯 구양중의 천령개를 사정없이 덥썩 움켜쥐었다.

"커어억!"

당장에라도 머리가 으스러질 것 같은 고통 앞에 구양중은 고통에 찬 신음성을 토해댔다.

그러거나 말거나 이신은 너무나 담담하다 못 해서, 아예 얼음장처럼 차갑게까지 느껴지는 음성으로 말했다.

"내 말이 무슨 뜻인지 몸소 깨닫게 해주지."

"끄으으으으윽!"

너무나 큰 고통 때문에 구양중의 귀에는 이신의 말이 전혀 들리지 않았다.

이신도 딱히 그가 자신의 말에 귀 기울이길 바란 게 아닌 듯 묵묵히 구양중의 천령개로 한줄기의 진기를 조용히 흘려보냈다.

그러자 곧바로 느껴졌다.

구양중의 머릿속, 그 안에 오직 이신만이 느낄 수 있는 기운 한 자락이 조용히 똬리를 틀고 있는 것을.

'역시 그런 거였군.'

구양중의 머릿속에 똬리를 튼 미지의 기운.

그 정체는 다름 아닌 성화의 조각이었다.

더욱이 그것은 과거 진백의 경우처럼 본연의 능력을 배가시키기 위한 목적으로 심어둔 게 아니었다.

오히려 그것은 만약의 경우를 염두에 둔 조치였다.

혹시나 구양중이 조직을 배신하거나 딴마음을 품었을 시, 곧바로 화탄처럼 폭발해서 구양중의 뇌를 곤죽으로 만들어 버리는 용도로 말이다.

살아 있는 사람의 머리에다 언제 터질지 모르는 화탄을 심어두다니……. 누가 봐도 제정신이 아니었다.

'참으로 딱한 자로군.'

분명 구양중은 자신의 머리에 이런 게 숨겨져 있을 줄 꿈에도 모르리라.

누구라도 언제 자신을 죽일지 모르는 화탄을 품고 살고 싶지 않을 테니까.

하지만 동정하는 것도 잠시, 이신은 심장 어림의 배화륜에 의념을 집중했다.

끼리리릭— 끼릭—!

그러자 그 어느 때보다 빠르고 경쾌한 톱니바퀴 소리가 그의 몸 안에서 울려 퍼졌다.

그러더니 구양중의 머릿속에 자리한 성화의 조각이 보이지 않는 흡인력에 이끌리듯 천천히 이신 쪽으로 넘어오기 시작했다.

그 과정에서 구양중은 또 한 번 고통 어린 비명을 터뜨렸다.

성화의 조각이 자리한 곳은 다름 아닌 백회혈.

생사현관(生死玄關)이라고까지 불리는 그곳은 잘못 건드리면 죽거나 백치가 되기 십상이었지만, 이신은 깨끗하게 무시했다.

어차피 자신을 죽이려 한 자다. 굳이 그의 고통을 신경 쓰고 배려해 줘야 할 이유가 전혀 없었다.

오히려 어찌 보면 시한부에 가까운 그의 목숨을 구해주는 셈이니 나중에 자신에게 고마워해야 마땅했다. 설령 모든 걸 잃고 백치로 전락한다고 하더라도.

물론 이신의 진짜 목적은 그런 게 아니었지만 말이다.

배화륜과 성화.

처음에는 둘 간의 관계가 정확히 어찌 성립되는지 몰랐던 이신이었으나, 아까 전 환혼빙인 안에 있던 성화의 기운을 흡수하는 과정에서 명확히 깨달았다.

배화륜과 성화의 관계가 어떻게 이루어지는지를.

그리고 배화륜을 지금보다 더 성장시킬 수 있는 방법이 무엇인지를.

그건 바로…….

'보다 많은 성화의 조각을 흡수하는 것이지.'

순간 배화륜의 회전음이 배로 빨라졌다.

그에 비례해서 무형의 흡인력 역시 강해졌고, 결국 구양중 머리 안에 있던 성화의 기운을 고스란히 이신에게로 넘어갔다.

이신은 그것을 단전이 아닌 배화륜 쪽으로 유도했고, 성화의 기운은 하나도 남김없이 배화륜 안에 흡수되었다.

그러자 새로이 만들어진 여덟 번째 배화륜의 크기가 전보다 미세하게 굵어졌다.

완전히 배화륜과 성화의 기운이 합일된 것을 느낀 이신은 미련 없이 구양중을 놓아줬다.

그러자 그는 힘없이 바닥에 엎어졌는데, 이미 보통의 인내력으로는 참을 수 없는 고통을 연달아 겪은 탓인지 진즉에 혼절한 상태였다.

이어서 이신은 한번 주변을 둘러봤다.

구양중이 펼친 수라마혼령의 여파가 생각보다 꽤 강렬했는지 팽한성과 맹호대는 도통 자리에서 일어나질 못했다.

장내에 정신을 차리고 서 있는 사람은 유일하게 이신 혼자뿐이었다.

그렇게 주변을 둘러보던 이신의 눈에 환혼초마령에 의해서 멈춰 선 환혼빙인의 모습이 들어왔다.

그녀를 바라보는 이신의 표정이 저도 모르게 살짝 찡그려졌다.

아무리 체내에 있는 성화의 기운을 넘겨주기 위해서라지만, 그녀는 감히 자신의 허락도 없이 멋대로 입맞춤을 하였다.

물론 그 덕에 내내 염원하던 팔륜의 경지에 오를 수는 있었지만, 그건 그거고 이건 이거였다.

'도로 무림맹에다 반납할 수도 없고…….'

그렇게 환혼빙인의 처분을 놓고 고심하는 가운데, 문득 이신의 머리 위로 그림자 하나가 내려앉았다.

그와 동시에 허공을 가르는 붉은 검광!

하지만 이신은 전혀 당황하지 않고, 허리춤의 영호검을 뽑아들었다.

이미 그림자의 존재에 대해서 알고 있었다는 듯한 대응!

거기에 엄연히 한발 늦은 발검이었으나, 영호검은 어느덧 물 위로 먹물이 번지듯 여러 겹의 묵광이 한데 합쳐졌다.

중첩된 묵광의 파도는 그대로 적색의 검광을 집어삼키는 것도 모자라서 이내 그림자의 주인, 매부리코의 노인마저 덮쳤다.

쿠과과과광!

천지가 무너지는 듯한 굉음과 함께 매부리코 노인은 실로 낭패스러운 몰골을 한 채 바닥을 나뒹굴었다.

그러는 와중에도 용케 오른손에 꼬나 쥔 반검을 끝까지 놓치지 않는 그의 모습에 순간 이신의 눈에 이채가 떠올랐다가 사라졌다.

'저자가 바로 그 북망광검인가?'

매부리코 노인, 냉이상에 관한 것은 이미 소유붕의 보고 등을 통해서 익히 잘 알고 있었다,

한데 그간 이야기로만 들어온 그와의 첫 만남이 설마 이런 식으로 이루어질 줄 미처 몰랐기에 살짝 당황스러웠지만, 그래도 나름 기대 이상이었다.

오랫동안 숱한 대결을 치러 온 자만의 투혼과 열기라고 할까? 그런 것이 냉이상으로부터 여실히 느껴졌다.

그렇지만 이신이 거기에 주눅 들거나 압도당하는 일은 일어나지 않았다.

그는 힘겹게 자신의 반검을 지팡이 삼아 비틀대듯 일어나는 냉이상을 말없이 내려다볼 따름이었다.

반면 힘겹게 고개를 치켜든 냉이상의 얼굴에는 희미한 미소와 놀라움이 함께 공존하고 있었다.

미소는 무한에 도착한 지 십여 일 만에 마침내 이신의 검을 마주하고 싶다는 꿈을 이루었기에, 그리고 놀라움은 소문이 오히려 과소평가되었다 싶을 만큼 대단한 이신의 검초를 몸소

체험했기에 떠오른 것이었다.

그런 그의 뒤로 홍의궁장 차림의 면사녀가 홀연히 나타났다. 면사녀, 신수연은 특유의 무뚝뚝한 말투로 말했다.

"그러게 말했잖아. 그 정도 실력으로는 주군한테 안 된다고."

"과, 과연. 네, 네 충고를 기, 깊이 새겨들을 걸 그랬구나. 그랬으면……."

이런 망신도 당하지 않았을 텐데, 라는 뒷말은 굳이 내뱉지 않았다.

그의 별호는 북망광검!

세상 그 무엇보다 검법에 미쳤다고 자타가 공인하는 자였다.

비록 허무하게 고작 일합 만에 패하긴 했지만, 그래도 부지불식간에 펼쳐진 이신의 검초에는 충분히 패배를 감수할 만한 값어치가 있었다.

그래서일까? 어쩐지 이신을 바라보는 그의 눈빛이 한층 더 뜨거워졌다.

그런 그의 열정적인 시선을 모른 척하면서 이신은 신수연에게 말했다.

"운중장은?"

그녀의 본래 임무는 운중장에서 유세화를 호위하는 것.

혹여 그것을 망각한 것은 아닌가 하는 우려와 왜 그녀가 유세화를 혼자 놔두고 이곳에 있는지에 대해서 설명하라는 뜻이 이신의 짧은 물음 안에 모두 담겨져 있었다.

신수연은 한 치의 망설임 없이 답했다.

"이조장에게 맡기고 왔어요."

"유붕에게? 흐음, 그렇다면 상관없지만……."

그럼에도 이신은 뭔가 썩 석연치 않은 기분이었다.

갑자기 왜 그런 기분을 느끼는 것일까?

이신이 그 원인을 깨달은 것은 냉이상에게 장내의 수습을 맡기고, 막 운중장에 도착했을 때였다.

第八章

뇌정마도(雷霆魔刀)

유세화가 납치됐다.

그 사실을 이신 등이 알게 된 건 운중장이 도착하고, 별채의 바닥에 온몸이 피투성이가 된 채로 쓰러진 유지광의 모습을 보자마자였다.

"이게 어찌 된 일이냐, 광아!"

이신은 낭패한 몰골의 유지광을 조심스레 부축하면서 물었다. 일말의 의식을 유지하고 있던 것인지 유지광이 힘겹게 눈을 뜨면서 입을 달싹였다.

"며, 면목이 없습니다, 형님! 어, 어떻게든 누, 누님을 지키려고 했는데……!"

"본론만 짧게."

이신은 너무나 차가운 음성으로 얼마 남지 않은 기력을 쓸데없는 말로 소모하려는 유지광을 제지하였다.

연인인 유세화가 납치되었다는 사실 때문일까?

이신은 분노로 흥분하는 것을 넘어서 아예 머리가 차갑게 식어버렸다.

극도의 분노가 오히려 그의 이성을 날카롭게 벼린 것이다.

분노로 인해서 이성을 잃는다는 건 강호초출의 애송이들이나 할 짓.

지금의 이신에게는 쓸데없이 분노에 휩싸이는 것보다 냉정한 사태 파악이 우선이었다. 그래도 완전히 진정할 수는 없는 듯 살짝 주먹을 부르르 떨어댔다.

유지광은 몇 차례 힘겹게 호흡을 가다듬으며 말했다.

"가, 갑자기 노, 녹슨 직배도를 사용하는 노, 노인이 쳐, 쳐들어 왔습… 쿨럭!"

"녹슨 직배도의 노고수?"

뭔가 그것만 가지고 범인을 특정 짓기에는 인상착의가 다소 추상적이었다.

이윽고 유지광이 추가적으로 설명을 덧붙였다.

"그, 그자의 도는 버, 번개처럼 빠르고 뇌, 뇌성벽력과 같은 괴, 굉음을 동반했습니다."

"번개? 뇌성벽력? 으음, 설마……."

번개같이 빠른 도법.

그런 도법은 흔하디 흔했지만, 대신 도를 휘두를 때마다 뇌성벽력을 동반한다는 것이 결정적인 단서였다.

전 무림에서 그러한 종류의 도법을 구사할 수 있는 자, 그것도 노고수로 한정한다면 뇌리에 떠오르는 이는 단 한 명뿐이었다.

—**뇌정마도(雷霆魔刀) 마운기.**

정사지간의 고수로 한참 그가 현역으로 활동했을 때는 지금의 무림맹주 백염도제 탁염홍의 사부이자 친부, 우내삼신(宇內三神) 중 한 명인 도신(刀神) 탁무항과 유일하게 도를 맞댈 수 있을 정도라고 했다.

그러다 지금으로부터 수십여 년 전에 홀연히 흔적이 사라지고 말아서 모두 그가 죽은 줄로만 알았거늘 설마 이곳 무한에, 그것도 하필이면 운중장에 버젓이 나타날 줄이야.

이신은 서둘러 말을 이었다.

"유봉은? 유봉은 어찌 되었느냐?"

그의 물음에 유지광은 소유봉이 마운기의 뒤를 쫓아갔다

고 답했다.

이에 한결 마음이 가벼워졌다.

비록 유세화가 납치당하긴 했지만, 소유봉이 뒤를 쫓고 있는 이상 얼마 지나지 않아 그 행적을 알 수 있을 것이기 때문이다.

하나 이신은 한 가지 의아한 사실이 있었다.

'이상하군. 도대체 그 노괴가 왜 화매를… 잠깐, 설마 그렇다면?'

이신이 뭔가 깨달은 듯 난데없이 자신의 무릎을 탁 내려쳤다. 이에 모두의 시선이 집중되자 이신은 서둘러 말했다.

"과거 진백이 죽기 전에 말했다. 앞으로 자신과는 비교도 할 수 없는 강자들이 화매를 노리고 찾아올 거라고."

"그렇다면 혹시……?"

신수연의 눈매가 가늘어졌다.

그녀 역시 이신의 말을 들으면서 대충 어느 정도 감을 잡은 듯했다. 그녀의 짐작이 맞다는 듯 이신이 무겁게 고개를 끄덕이며 말했다.

"아마도 그 노괴는 진백이 속한 조직의 일원이라는 소리겠지."

이번에 배교의 잔당과 관련된 인물은 구양중 정도인 줄로만 알았는데, 이런 식으로 허를 찌를 줄이야.

더욱이 무서운 사실은 이미 죽은 줄로만 알았던 전대의 노고수를 자신들의 일원으로 남들 몰래 영입할 만큼 그들의 포섭 능력이 생각 이상으로 뛰어나다는 것이었다.

'무엇 때문에 뇌정마도가 배교의 잔당들과 손을 잡은 것인지까지는 잘 모르겠지만, 하나는 확실해졌다.'

배교의 잔당.

그들은 단순히 자신의 교도들만이 아닌 외부의 고수들까지 끌어들여서 덩치를 불리고 있다.

그 사실이 시사하는 점은 간단했다.

앞으로 이신이 상대해야 할 자들 중에서 뇌정마도와 같은 자들이 나타날 확률이 높다는 점이었다.

어찌 되었든 적이 누구인지 확실해졌으니 더는 시간을 낭비할 수 없었다.

서둘러 이신이 운중장을 나서려고 하자 신수연이 뒤를 따랐다.

"주군, 저도……."

안 그래도 소유봉에게 대신 유세화의 호위를 맡겼다가 이번 일이 터지고 만 터라 그녀는 내내 가시방석에 앉는 기분이었다.

때문에 어떤 의미에선 이신보다도 유세화를 구출하고 싶은 마음이 컸다.

하지만 이신은 그녀를 향해서 고개를 내저었다.

"지금 이곳에 전력이라고 할 만한 사람은 나와 일조장 둘밖에 없어. 혹 우리 둘 다 동시에 자리를 비웠다가 적이 쳐들어오기라도 한다면 사태는 더욱 심각해질 거야."

"그래도……."

"그리고."

이신은 신수연의 말을 도중에 끊은 뒤, 한쪽에 아무렇게나 널브러져 있는 구양중을 가리켰다.

"일조장까지 없으면 저자의 감시는 누가 맡지?"

"……."

신수연은 일순 꿀 먹은 벙어리가 되고 말았다.

구양중은 생각 이상으로 중요한 자였다.

지금껏 부족하기 그지없던 배교 잔당에 관한 정보를 조금이나마 가지고 있었다.

그 정보의 중요성은 결코 과소평가할 수 없기에 행여 배교의 잔당 측에서 배신자를 처리하기 위한 자객을 보낼지도 모를 일이었다.

그러한 일을 미연에 방지하기 위해서라도 내내 그의 곁에 붙여서 감시할 사람은 꼭 필요했다.

"내 말, 무슨 뜻인지 알겠지?"

이신의 물음에 신수연은 대답 대신 고개를 천천히 끄덕였다.

그렇게 그녀가 자신의 명령을 납득했다는 것을 확인하고 나서야 비로소 이신은 운중장을 나섰다.

언뜻 보기엔 어디로 가야 할지 막막한 것 같지만, 어찌 된 일인지 운중장을 나선 이후부터 그의 눈은 줄곧 한 방향을 향하고 있었다.

혈영대, 그중에서도 이조장 소유붕의 경우에는 특정 대상을 추적할 시에 동료가 잘 따라올 수 있도록 자체 제작한 추종향을 몸에다 바른다.

그 범위는 무려 반경 백 리에 달했고, 때문에 그의 추종향은 따로 백리향(百里香)이라고 불렸다.

이신은 바로 그 백리향의 흔적을 뒤쫓고 있는 것이었다.

'아직까지 백리향의 농도가 짙다. 그 말은 뇌정마도가 그리 멀리까지는 가지 못했다는 소리.'

생각보다 뇌정마도와의 위치가 가깝다는 사실에 안도할 틈이 없었다.

뇌정마도 정도의 고수라면 백 리 정도의 거리쯤은 일다경도 안 되어서 바로 주파하고도 남았다.

그렇다면 지금보다 더 빨리 움직여야 할 필요가 있었다.

'혈영보로는 부족하다.'

지금까지는 혈영보로도 충분했지만, 이번처럼 먼 거리를 단숨에 주파하기에는 적합하지 않았다.

무릇 무공이란 각각의 쓰임새에 맞게 펼쳐야 하는 법.

이럴 때를 대비한 무공이 이신에게는 있었다.

아니, 그것은 무공이 아니라 하나의 방책이라고 해야 옳을 것이다.

슥—

갑자기 오른쪽 소맷자락을 걷어 올리는 이신.

그는 오른팔에 칭칭 감겨져 있는 얇은 두께의 줄을 풀어서 영호검에다 묶어 버렸다.

그러고는 길 한가운데서 우뚝 멈춰 섰다.

그는 비스듬하게 선 채 왼발을 앞으로 내밀면서 오른발을 뒤로 뺐다. 그러고는 영호검을 역수로 쥔 채 뒤로 당겼는데, 그 자세는 투창 자세와 매우 흡사했다.

'가급적 사용하고 싶지 않았지만…….'

지금과 같은 상황에서 뭘 따지고 말고 할 때가 아니었다.

무엇보다 유세화의 목숨이 걸려 있었다.

그리 생각하는 순간, 이신의 몸속에서 귀에 익은 톱니바퀴 소리가 들려왔다.

끼릭— 끼리리릭—!

배화륜 고유의 회전음.

처음에 들려오는 회전음은 하나뿐이었지만 곧 하나둘씩 늘어나더니, 종국에는 일곱을 넘어서 무려 여덟 개까지 늘어났다.

여덟 개의 배화륜!

하나의 배화륜만으로도 배가되는 내력의 양을 감안하면 얼마나 내력이 기하급수적으로 배가될지 쉬이 짐작조차 가지 않았다.

그 무지막지한 양의 진기가 영호검을 쥔 오른손에 집중되었다.

우우우우우웅—!

이에 영호검은 당장에라도 부서질 듯 요란스러운 검명을 토해냈다.

동시에 이신의 두 눈은 물론이거니와 전신이 뜨거운 백열로 뒤덮였다.

만약 다른 사람이 봤다면 길 한복판에서 태양이 떠올랐다고 착각할 정도로 강한 광채를 사방으로 흩어졌다.

그 상태서 이신은 허리를 비틀기 시작했는데, 상반신이 거의 반 바퀴 넘게 회전했다.

불끈!

그리고 오른팔에 힘을 꽉 쥐자 팔 근육이 거의 두 배 가까이 팽창하였다.

그 상태를 유지한 채로 이신은 당장에라도 씹어먹을 듯한 얼굴로 중얼거렸다.

"뇌정마도, 어디 그 빌어먹을 늙은이의 낯짝을 보러 가볼까?"

쿠와아아아아아아아앙—!

이신의 중얼거림이 끝나기 무섭게 비틀렸던 그의 허리가 순식간에 원래대로 돌아갔다. 동시에 한줄기 묵광이 밤하늘을 거의 찢어 뭉개 버리다시피 하는 기세로 날아갔다.

묵광의 정체는 좀 전까지 이신의 오른손에 들려져 있던 영호검이었다.

그리고 반대쪽 손에는 영호검에다 묶어두었던 바로 그 줄의 끄트머리가 들려져 있었는데, 어찌 된 일인지 벌써 저 멀리 까만 점으로 화해 버릴 만큼 날아갔음에도 줄은 탱탱하게 늘어질지언정 끊어질 기미가 보이지 않았다.

놀라울 만치 비정상적인 신축성을 자랑하는 그 줄의 정체는 바로 무림에서도 손꼽히는 기물, 천잠사(天蠶絲)였다.

끼리리리릭—

그렇게 언제까지고 계속 늘어날 것만 같았던 천잠사도 서서히 한계를 보이려고 할 때쯤, 이신은 대뜸 온몸이 활처럼 휘어졌다.

그리고,

쇄애애애애액—!

이신의 몸이 일순간에 펴지더니 무서운 속도로 날아갔다.

경신술 중에서도 손에 꼽히는 상승의 경신술, 궁신탄영(弓身彈影)의 수법이었다.

거기에 한계치까지 늘어났던 천잠사의 탄성까지 더해지니 한순간 이신은 새하얀 섬광이 되어 끝없이 하늘로 높게 치솟았다.

그야말로 밤하늘을 가르는 유성이 따로 없을 지경이었다.

그렇게 앞서 사라진 영호검의 뒤를 따르듯 이신의 신형은 긴 꼬리를 남기면서 사라져 갔다.

*　　　*　　　*

"응?"

건장한 체격에 구릿빛 피부의 노인이 불쑥 뒤를 돌아봤다.

'뭐지, 뭔가 빠르게 다가오는 것 같은데.'

그러나 노인은 더 이상 생각을 길게 이어가지 못했다.

문득 옆에서 들려온 음성 때문이었다.

"절 어디로 데려가시는 건가요?"

영롱하면서 가녀린 음성의 주인은 다름 아닌 유세화였다.

그녀는 온몸이 축 처진 채로 노인의 왼쪽 어깨에 짐처럼 매달려 있었는데, 딱 봐도 마혈을 제압당한 것이다.

그래도 아혈까지 완전히 점혈당한 것은 아니었던 모양이다.

그녀의 물음에 노인은 무뚝뚝한 음성으로 말했다.

"너는 알 것 없다."

"왜죠? 적어도 이렇게 짐짝처럼 끌려가는 이유라도 말씀해 주실 순 없나요?"

단호한 노인의 대답은 아랑곳없이 유세화는 재차 집요하게 질문을 이어갔다.

이에 마치 눈이 내려앉은 것처럼 짙은 노인의 백미가 한순간 역 팔(八)자를 그리는가 싶더니 이내 원래대로 돌아왔다.

잘 생각해 보니 이 나이에 손녀뻘 되는 아이를 상대로 언성을 높이는 게 그다지 어른스럽지 않다 여겨진 것이다.

노인, 마운기는 한참 동안 말이 없다가 천천히 닫혀 있던 입을 열었다.

"네가 필요하다는 사람들이 있다."

"그자들이 누구인가요?"

"알 것 없다. 더 물어볼 게 남았느냐?"

말과 달리 마운기는 유세화가 한마디라도 더 하면 볼기짝이라도 두들길 생각이었다.

그런 그의 마음을 아는지 모르는지 유세화는 태연하게 입을 열었다.

"그러면 마지막으로 하나만 더 묻겠어요. 어르신께서는 왜 그들의 말을 따르는 거죠?"

우뚝—!

유세화의 말이 끝나기 무섭게 마운기가 거짓말처럼 그 자리서 갑자기 멈춰 섰다.

"그놈들의 말을 따른다고? 천하의 나 마운기가?"

순간 유세화는 긴장했다.

마운기의 몸이 파르르 떨리는 게 온몸으로 느껴졌다. 그것은 분명 분노의 표출이었다.

이윽고 그녀의 생각이 사실이라고 말하듯 마운기는 버럭 외쳤다.

"웃기지 마라! 노부는 어디까지나 놈들의 부탁을 들어주는 것뿐이다!"

"부탁이라고요?"

"그래, 이건 엄연히 거래일 뿐이다!"

"거래라. 그럼 도대체 그들이 뭘 약속했기에 어르신 정도나 되는 고수께서 저같이 힘없는 아녀자를 직접 납치까지 하시는 거죠?"

"으음, 그건……."

마운기는 일순 말문이 막혔다.

비록 입 밖으로 직접 내뱉지는 않았지만, 내심 그도 자신 정도의 지위나 배분을 가진 고수가 한낱 납치 따위에 동원되는 것이 못내 수치스러웠다.

그런 아픈 부분을 정확하게 찔러대다니.

달아오르는 얼굴을 애써 감추듯 옆으로 돌리면서 말했다.

"…그게 너랑 무슨 상관이란 말이냐?"

"말씀하시기 어려운가요?"

유세화의 음성에 실린 묘한 울림에 순간 마운기의 백미가 움찔했다.

직접 그렇게 말하지 않았음에도 왠지 그의 귀에는 유세화의 말이 남에게 말할 수 없을 만큼 당당하지 못한 이유냐고 비아냥거리는 것처럼 들렸기 때문이다.

그건 순전히 명숙으로서의 수치스러움과 손녀뻘 되는 여인을 납치한 것에 대한 자책감이 한데 합쳐져서 만들어진 착각에 불과했다.

하지만 그러한 착각마저도 마운기의 자존심은 쉬이 용납할 수 없었다.

"후우, 좋다. 특별히 너한테만 말해주마. 노부가 그들의 부탁을 들어주기로 한 이유, 그건 바로……."

마운기의 말을 채 끝까지 이어지지 않았다.

바로 그의 옆에서 불쑥 튀어나온 새하얀 손 때문이었다.

"흥."

콧방귀를 끼면서 마운기는 도갑 채로 허리춤에 대롱거리던 직배도를 휘둘렀다.

그러자 그의 요혈을 교묘히 노리던 새하얀 손을 옆으로 흘리는 것도 모라서 손의 주인마저 공격했다. 하지만 간발의 차로 신형이 뒤로 물러난 탓에 직배도는 빈 허공만 가를 뿐이었다.

"쥐새끼 같은 놈. 건드리기 귀찮아서 가만히 내버려 뒀더니만, 실로 기고만장하구나."

사뭇 불쾌하다는 표정으로 마운기가 말하자 어둠에 반쯤 가려져 있던 신형의 정체가 드러났다.

그는 다름 아닌 혈영대 이조장 소유붕이었다.

특유의 유들유들한 미소를 머금으면서 소유붕이 말했다.

"전부 눈치채고 있었구려, 노인장."

"뭐, 그렇지."

겉으로는 태연하게 답했지만, 속내는 달랐다.

마운기가 소유붕의 존재를 눈치챈 것은 어디까지나 우연이었다.

유세화의 예상치 못한 질문 세례에 살짝 당황하고 있을 때, 정확히는 그의 신경이 잠시 흐트러졌을 즈음 은신하고 있던 소유붕의 존재가 희미하게 느껴졌다.

아마도 자신이 당황한 틈을 노려서 기습할 요량이었으리라.

거기까지 생각을 마친 마운기는 비로소 알겠다는 표정으로 중얼거렸다.

"그렇군. 이제 보니 이 계집이 갑자기 나한테 말을 걸기 시작한 것도 전부 다 네놈의 지시였구나."

"……."

마운기의 말에 소유봉은 딱히 뭐라고 긍정도 부정도 하지 않았다. 그저 싱글거리면서 웃기만 할 뿐이었다.

물론 유세화가 질문을 한 것 자체는 소유봉이 시킨 짓이 맞다. 하지만 어디까지나 그게 다였다.

한순간이나마 마운기 정도의 고수가 빈틈을 드러낼 정도로 날카로운 질문을 이어간 것은 온전히 유세화의 능력만으로 이룬 결과.

그것은 소유봉에게 있어서도 예상 밖의 일이었다.

그렇기에 기습 전에 기척을 드러내는, 평소에 안 하던 실수를 저지른 것이리라.

'그냥 멋대로 주군에게 의지하는 철없는 여자인 줄 알았거늘.'

그런 복잡한 심경을 숨긴 채, 소유봉은 웃으면서 말했다.

"이보시오, 노인장. 그놈들에게 뭘 받기로 했는지는 모르겠지만, 포기하고 그냥 가시는 게 어떻소? 물론 어깨 위에 들고 있는 분까지 놓고 간다면 참으로 고맙겠구려."

"허허허, 놈. 생긴 것만큼 혓바닥이 잘 돌아가는 쥐새끼구나. 한데……."

너털웃음을 터뜨리는 것도 잠시, 마운기는 중간에 말을 멈추는 것과 동시에 입가의 미소를 싹 지워 버렸다.

그리고,

그그그그그극—!

신경을 긁어대는 듯한 기분 나쁜 쇳소리와 함께 도갑에서 빠져나오는 직배도. 검붉은 녹이 잔뜩 슨 애도를 수직으로 든 채 마운기가 말했다.

"과연 네 실력도 그 잘난 혓바닥만큼이나 괜찮을지 모르겠구나, 애송이."

똑바로 자신을 향해 겨누어진 직배도를 보고도 소유붕은 눈 하나 깜짝하지 않았다.

오히려 그는 피식 한 번 웃더니 품 안에서 섭선을 꺼내 들면서 말했다.

"세상에는 똥인지 된장인지 직접 찍어 먹어봐야 아는 사람이 있다던데, 노인장이 딱 그렇구려."

"건방진 놈."

"내가 좀 잘나긴 했……."

캉!

소유붕의 말이 채 끝나기도 전에 쇠끼리 부딪치는 소리가 울려 퍼졌다.

서로 한쪽 면을 맞대고 있는 직배도와 섭선.

놀랍게도 어느 한쪽도 밀리지 않는 팽팽한 힘의 접전이었다.

한낱 섭선 따위로 자신의 직배도를 막다니? 마운기는 살짝 의외라는 표정을 지었다.

그런 마운기를 보면서 소유붕은 여전히 입가의 미소를 유지한 채 말했다.

"말하는 중간에 공격하다니. 예의는 물론이고 나이도 뒤로 잡숴드신 양반이로군."

"흥!"

마운기는 소유붕의 어쭙잖은 도발에 말려들지 않았다.

그저 콧방귀를 끼면서 맞대고 있는 소유붕의 섭선을 쳐낼 따름이었다.

'생각보다 제법이군.'

자신의 이목을 속이고 내내 은신하면서 따라온 것도 그렇거니와 자신의 직배도와 마주하고도 밀리기는커녕 대등하게 정면에서 맞서다니.

그것만으로도 소유붕이 상당한 실력의 소유자라는 사실만큼은 확실히 알 수 있었다. 다소 경박하게 느껴지는 언행과는 다르게 말이다.

'한 가지 이해가 안 되는 게 있다면…….'

마운기의 시선이 왼쪽 어깨에 매달린 유세화에게로 향했다.

'도대체 이 계집에게 어떤 가치가 있기에 이 정도의 고수가 따라붙는 거지?'

그가 조직에게 받은 명령은 운중장에 있는 유가장의 대공녀를 납치해 오는 것.

그것 하나뿐이었다.

납치 대상이 어떤 존재인지부터 시작해서 왜 무엇 때문에 납치해야 되는 지까지도 일절 가르쳐 주지 않았다.

그럴 만했다.

앞서 마운기가 말했듯이 조직과 그의 관계는 어디까지나 서로에게 필요한 것을 요구하는 정도일 뿐, 상하수직적인 관계가 아니었다.

그러니 필요 이상의 정보를 이쪽에 먼저 제공할 리 없었다.

하지만 상황이 이리 되다보니 제아무리 조직의 일에 관심 없는 마운기일지라도 일말의 호기심을 느끼지 않으려야 않을 수 없었다.

'뭐 그거야 나중에 알아보면 될 일.'

지금은 눈앞에 거슬리는 꼬리를 제거하는 일에 집중할 때였다.

마운기는 어깨에 짊어지고 있던 유세화를 바닥에 아무렇게나 내려놨다. 이성에 대한 배려라곤 전혀 느낄 수 없는 무신경한 태도였다.

그 바람에 맨몸으로 바닥에 떨어진 유세화는 외마디 신음성을 냈지만, 마운기는 눈 하나 깜짝하지 않았다. 오히려 보고 있던 소유붕이 살포시 미간을 찌푸렸다.

아무리 유세화가 마음에 꼭 드는 것은 아니지만, 그래도 자신이 주군으로 모시는 이신이 아끼는 여자였다.

그런 그녀가 저리 숫제 짐짝 취급받는 모습은 과히 보기에 썩 좋지 않았다.

"거, 섬세한 구석이라곤 전혀 찾아볼 수 없는 양반이군."

"내 알 바 아니지. 오히려 저 계집은 나에게 고마워할 거다."

"응?"

이건 또 무슨 말이란 말인가?

그 뜻을 채 이해하기 전에 마운기의 눈빛이 확 달라졌다.

그리고 이어지는 그의 두 번째 칼질은 지금까지와 차원이 달랐다.

콰르르르르르르르릉!!!

대기를 울리는 우렁찬 뇌성벽력!

그와 함께 한줄기의 검붉은 낙뢰가 소유붕의 왼쪽 어깻죽지를 스치고 지나갔다.

"크윽!"

처음으로 소유붕의 얼굴에 긴장감이 드러났다.

바로 코앞에서 쏟아지는 도격을 피하지 못하다니. 더욱이 좀 전의 공격은 명백히 그의 정수리를 노린 일격이었다.

만약 조금이라도 소유붕의 반응이 늦었다면, 그의 몸은 그대로 좌우로 쪼개지고 말았으리라.

'뭔 놈의 칼이 이렇게 빨라?'

그가 익힌 보법은 혈영대 전원이 익히는 혈영보에다 그만의 독자적인 깨달음까지 버무려져 만들어진 절학이다.

단순하게 보법만 따진다면 혈영대 조장 중에서 그가 가장 뛰어났다. 한데 그런 소유붕이 완전히 피하지 못할 정도로 빠른 도격이라니.

충격에 사로잡힐 틈도 없이 재차 낙뢰가 떨어졌다.

콰르르릉— 콰과광!

연이어 떨어지는 세 줄기의 낙뢰를 간신히 피하는 소유붕.

처음에야 방심해서 당했다지만, 이제 적이 만만치 않다는 걸 알았기에 그도 필사적으로 움직였다.

그러다가 뒤늦게 마운기를 보는 순간, 소유붕은 깨달았다.

아까 전 그가 했던 알 수 없는 말이 무슨 의미로 한 것인지를.

파지지지직—!

마운기의 전신을 뒤덮은 검붉은 전하(電荷)의 물결.

이리저리 불규칙하게 튀어대는 전하는 당장에라도 가까이

에 있는 것을 지져 버릴 듯 위협적이었다.

만약 유세하를 그대로 어깨에 짊어진 상태였다면, 그녀는 단번에 통구이 신세로 전락하고 말았으리라.

'이것이 말로만 전해 듣던 뇌정도인가?'

마운기의 성명절기이자 그가 뇌정마도라는 별호를 얻는 데 역할을 톡톡히 한 절세도법이었다.

이번 일격을 통해서 소유붕은 마운기가 한때 도신 탁무항과 어깨를 견줄 정도로 무서운 고수였다는 것을 새삼 자각했다.

소유붕의 무위는 이제 절정을 넘어서 초절정, 이른바 화경의 경지에 발을 들인 수준.

남들이 보기엔 그조차 상식에서 벗어난 강자였지만, 마운기는 아예 차원이 다른 괴물이었다.

'길게 끌어선 위험하다.'

지금쯤 운중장에서도 대충 상황이 어떻게 돌아가는지 파악했을 것이다.

그렇다면 자신이 남긴 백리향의 흔적을 뒤쫓아서 이곳으로 향해 오고 있을 터.

소유붕은 행여나 마운기를 실력으로 꺾겠다는 알량한 호승심 따위 집어던진 채 오직 아군이 도착할 때까지 어떻게든 시간을 끄는 쪽으로 마음먹었다.

그러는 사이, 마운기는 몸에 두른 전하를 직배도에다 집중시켰다.

그러자 직배도의 녹슨 도신이 검붉은 전하로 뒤덮였고, 전하는 이내 삼척에 달하는 뇌전의 칼날로 화했다.

화후가 대성에 이르러야지만 펼칠 수 있다는 뇌정도의 정수, 뇌정강기(雷霆罡氣)였다.

"…어이, 어이. 너무 무리하는 거 아니요, 노인장?"

애써 웃으면서 말하는 소유붕의 등 뒤로 저도 모르게 식은땀이 주르륵 흘러 내렸다.

척 봐도 뇌전의 칼날에 담긴 내력과 기세는 심상치 않았다. 설령 같은 강기로 상대한다고 한들, 과연 버텨낼 수 있을지 의심스러울 정도였다.

그런 소유붕의 엄살 비슷한 말에 마운기는 사납게 하얀 이빨을 드러내면서 말했다.

"이번에는 아까처럼 피하기 어려울 거다, 애송이."

"……!"

마운기의 갑작스러운 예고에 소유붕의 얼굴이 굳어지려는 찰나, 대기가 흔들릴 정도로 무지막지한 굉음을 동반한 검붉은 벼락이 그의 머리 위로 내려쳤다.

"크윽!"

피하고 자시고할 틈도 없이 소유붕은 서둘러 들고 있던 섭선에다 내력을 집중했다.

이내 푸른빛의 기운이 유형화되면서 완연한 강기의 형상을 이루었다. 놀랍게도 선기(扇氣)를 건너뛰고 곧바로 선강(扇罡)을 펼친 것이다.

비록 부지불식간에 펼친 터라 소유붕의 선강은 평소보다 다소 불완전했지만, 그래도 머리 위로 떨어지는 벼락을 한번 정도 막기에는 충분했다.

적어도 소유붕은 그렇게 생각하였다.

콰르르르릉— 콰과과과광!

머리 위로 떨어지던 벼락이 돌연 다섯 줄기로 나누어져서 그의 선강을 강제로 찢어발기기 전까지는.

"아닛!"

믿고 있던 선강이 허무하게 사라지는 것을 본 소유붕의 입에서 외마디의 탄성을 튀어나왔다.

그리고 처음의 기세를 전혀 잃지 않은 검붉은 벼락 다섯 줄기가 그의 몸에 무자비하게 내리꽂혔다.

쿠과과과광—!

굉음과 함께 사방으로 흙먼지가 안개처럼 뭉게뭉게 피어올랐다.

좀 전의 벼락에 담긴 기운이 그만큼 강력했다는 반증이자 다시 말하면 그것을 맨몸으로 받아들인 소유붕의 목숨은 이미 끝난 거나 진배없다는 소리였다.

그러나 마운기는 여전히 전신에 검붉은 전하를 휘감고 있었다. 표정도 그리 썩 밝지 않았다.

"…믿기 어렵군."

알 수 없는 말을 내뱉으면서 마운기는 수중의 직배도를 무심히 아래로 내리그었다.

그러자 피어올라 있던 흙먼지가 바로 좌우로 쫙 갈라지더니 그 안에 가려져 있던 내부의 풍경을 드러냈다.

혼절해서 쓰러진 소유붕.

그의 앞에 어둠을 그대로 벼려내서 만든 것 같은 묵빛 검신의 장검 한 자루가 떡하니 버티고 있었다.

자그마치 아무것도 없는 허공 한가운데서!

그것이 무얼 의미하는지 마운기가 누구보다도 잘 알고 있었다.

이기어검술.

검술의 최고 경지 중 하나이자 입신경에 오른 자만이 펼칠 수 있는 절예 중의 절예!

세세하게 나누자면 수어검이니 목어검이니 하는 식으로 또 분류되긴 하지만, 적어도 마운기조차 방심할 수 없는 실력의 소유자가 나타나 소유붕을 위기로부터 구했다는 것만큼은 확실했다.

마운기의 날카로운 시선이 장내를 바삐 오갔다.

그러다 문득 깨달았다.

저 하늘 멀리서 느껴지는 어마어마한 기운의 존재와 그것이 그로서도 믿기 어려울 만큼 빠른 속도로 다가오고 있음을.

휘이이이이이이—!

고개를 들자 너무나 어두워서 별빛조차 보이지 않는 까만 밤하늘을 세차게 가르며 날아오는 새하얀 유성 한 줄기가 보였다.

그리고 그 유성이 육안으로 식별할 수 있을 만큼 가까워졌다고 느끼는 순간, 그 안에서 불쑥 사람 그림자 같은 것이 튀어나왔다.

그와 동시에 마운기가 뒤로 빠르게 몸을 날렸다. 그러자 좀 전까지 그가 서 있던 자리를 섬전처럼 날아온 묵빛 장검이 덮쳤다.

쾅!!

장검에 실린 힘이 어느 정도인지를 보여주듯 전에 없던 커다란 구덩이가 대지에 생겨났다.

마치 하늘에서 운석이라도 떨어진 것 같은 비현실적인 광경!

그리고 바닥에 꽂힌 장검의 끄트머리에 가벼운 새처럼 흑의 무복의 사내가 조용히 내려앉았다.

용케 발 디딜 곳 없는 장검 위에서 균형을 유지하고 있는 그를 보면서 마운기는 뇌까렸다.

"네놈이었구나. 여기까지 오는 내내 내 신경을 건드렸던 기운의 정체가."

그의 말에 흑의 사내, 이신은 덤덤한 말투로 말했다.

"당신은 큰 실수를 하나 저질렀소."

"실수? 무슨 실수 말이냐?"

뜻밖의 말에 마운기가 반문했지만, 이신은 대답 대신 한쪽으로 시선을 옮겼다.

그러자 바닥에 쓰러진 채 거의 울 듯 말 듯한 얼굴을 하고 있는 유세화와 정면으로 눈이 마주쳤다.

그 순간, 이신은 잠시 다물고 있던 입을 천천히 열었다.

"감히 내 허락도 없이 내 여자를 건드렸다는 실수."

그리고 귀에 익은 톱니바퀴 돌아가는 소리가 그의 몸 안에서 울려 퍼지기 시작했다.

第九章
십대마공(十大魔功)

화르르르륵—!

순식간에 백열의 불꽃으로 물든 이신의 신형을 보면서 마운기는 눈살을 찌푸렸다.

'저놈이 질풍검인가?'

떠오르는 무한의 신성.

또한 명색만 겨우 남아 있던 유가장에 다시금 과거의 영광을 떠안겨 준 가주의 수신호위.

그게 세상 사람들이 알고 있는 이신에 대한 정보의 다였다.

하지만 마운기에게 제공한 조직의 정보는 세인들이 아는 것과는 조금 달랐다.

'아니, 혈영사신이라고 해야겠군.'

마교의 최정예 특작부대, 혈영대의 최연소 대주이자 정마대전을 종결시킨 장본인!

무려 무림맹주와 천사련주를 동시에 상대해서 무승부를 이뤘다는 고수 중의 고수.

그래도 마운기는 그리 신경 쓰지 않았다.

작금 무림의 최고 고수들로 손꼽히는 무림맹주나 천사련주 따위도 자신의 발아래로 보고 있는 그였다. 기껏해야 그들과 동수를 이뤘다고 전해지는 이신의 무위야 불 보듯 뻔하다고 생각했다.

그리고 직접 이신을 본 소감은?

'장난이 아닌데?'

현실은 언제나 상상을 초월한다고 했던가.

마운기가 받은 충격은 이루 말할 수 없었다.

기껏해야 이립도 안 되어 보이는 놈이 어검술을 펼친다?

거기다 자신조차 움츠러들 정도의 기파를 사방으로 뿌려대고 있었다.

도대체 그가 활동을 접은 사이에 무슨 일이 있었단 말인가? 세상에 어떤 이가 저런 괴물을 키워냈단 말인가?

'하지만…….'

경악하는 한편, 마운기의 입꼬리가 어느새 슬그머니 올라갔다.

스스로도 인지하지 못한 변화.

'재미있군!'

솔직히 도신 탁무항 외에는 그 누구도 자신의 눈에 차지 않는다고 여긴 그였다.

한데 모처럼 강호에 나오자마자 절로 긴장하게 만들 정도의 고수를 만나게 되다니. 남들 같으면 운이 없다고 할 테지만, 마운기에게 정반대였다.

수십 년에 가까운 폐관 생활 때문에 강자와의 싸움과 그로 인한 자극에 목말라 있던 그에게 있어서 지금 이순간은 오히려 행운이라고 할 수 있었다.

그야말로 오랫동안 괴롭혀왔던 가슴 속의 갈증을 말끔히 해소할 수 있는 절호의 기회.

마운기가 사나운 짐승을 연상케 하는 미소를 한껏 머금으면서 말했다.

"방금 노부가 실수했다고 했느냐, 애송이? 좋다. 그럼 어디 증명해 봐라. 네가 그런 말을 할 수 있는 자격이 있는지 아닌지를!"

그와 동시에 그의 몸을 둘러싼 검붉은 전하의 움직임이 한층 격렬해지기 시작했다.

파지지직— 파지직!!

검붉은 전하가 사방으로 마구 튀는 가운데, 마운기는 직배도를 수직으로 치켜들었다.

그러자 직배도의 날 뒤로 가려진 그의 몸이 사라지고, 오로지 직배도만 보였다.

신도합일(身刀合一).

도와 내가 하나가 되어서 물아일체를 이룬다는 도법의 최상승 경지였다.

물론 앞서 이신이 펼쳤던 이기어검술보다 한 수 아래로 보는 게 일반적인 상식이었지만, 지금 신도합일을 펼치는 자는 다른 누구도 아닌 마운기였다.

당연히 그의 신도합일은 평범한 신도합일로 그치지 않았다.

파지지지지지직—!

갑자기 직배도에 한껏 집중되기 시작하는 검붉은 전하!

마치 솜뭉치가 물을 흡수하듯 전하를 쉼 없이 머금던 직배도는 어느덧 본래의 형상을 벗어나서 거대하기 그지없는 검붉은 벽력의 칼날로 벼려졌다.

그 크기는 숫제 기둥이라 봐도 무방할 정도라서 위용만 놓고 봤을 때는 이신의 이기어검술과 비교해도 전혀 밀리지 않았다.

오히려 어떤 면에서는 압도하기까지 했다.

그렇게 하늘을 찌를 듯 한껏 치켜 올라간 벽력의 칼날을 이신은 무심한 눈으로 바라봤다.

그런 그의 귓가로 마운기의 외침이 들려왔다.

"이것이 노부가 익힌 뇌정십삼도의 후반 삼초식, 그중에서도 제일초 붕뢰참(鵬雷斬)이다! 어디 막을 수 있으면 막아봐라!"

그의 말이 끝나기 무섭게 벽력의 칼날이 이신의 머리 위로 내리쳤다.

뇌정십삼도(雷霆十三刀).

줄여서 뇌정도라고 불리는 이 절세도법은 마운기의 사문, 뇌정도문(雷霆刀門)의 모든 무학을 집대성했다고 과언이 아닌 절학이었다.

특히 후반삼초식은 유수한 뇌정도문의 역사를 뒤져 봐도 익힌 자가 전무할 만큼 난해한 터라 사실상 익히는 게 불가능하다고까지 여겨졌는데, 지금 마운기는 그러한 상식을 가뿐히 깨부숴버렸다.

그도 모자라서 그가 펼친 붕뢰참은 실로 진품!

다른 사람 같으면 내려치지는 거대한 벽력의 칼날을 보고서 넋을 잃는 것도 모자라서 아예 전의마저 상실하고 말았을 것이다.

안 그래도 자연의 힘 가운데서도 가장 폭력적이고 격렬하다고 손꼽히는 게 뇌기였다.

그런 뇌기를 한껏 머금다 못해 날카롭게 정련하기까지 한 벽력의 칼날을 무슨 수로 막는다는 말인가?

하지만 마운기가 보통이 아니듯 그의 상대인 이신 또한 평범한 고수가 아니었다.

이신은 당장에라도 정수리를 쪼갤 듯 덮쳐오는 벼락의 칼날을 무심히 바라보다가 심장 어림의 배화륜에 의념을 집중했다.

끼리리릭— 끼리릭—!

한꺼번에 서로 맞물리듯 돌아가기 시작하는 다섯 개의 배화륜!

이전이었다면 서너 개의 배화륜을 회전시키는 데서 그치고 말았을 것이다. 그 정도만 하더라도 이신의 몸에 걸리는 부하가 상당했기 때문이다.

한데 어찌 된 일인지 지금은 무려 다섯 배로 배가된 내력이 온몸을 누비는 데도 힘들기는커녕 편안하기 그지없었다. 내력의 흐름도 도도하게 흐르는 강물처럼 부드러우면서 고요할 따름이었다.

이전의 내력이 제어되지 않는 야생마를 억지로 다독여서 움직인다는 느낌이라면, 이제는 잘 훈련된 명마가 알아서 이쪽의 지시를 따라서 움직인다는 쪽에 가깝다고 할까.

이신은 그 이유가 팔륜의 경지에 들어섰기 때문이라고 확신했다.

칠륜과 팔륜은 기껏해야 배화륜 하나 차이에 불과하지만, 그 간극은 어마어마했다. 그 차이를 몸소 체험하면서 이신은 머리 위로 좌장을 휘둘렀다.

콰과광!

대기를 뒤흔드는 굉음과 함께 벼락의 칼날이 사방으로 흩어졌다.

놀랍게도 이신의 일견 평범해 보이는 한 수가 신도합일의 무리가 녹아든 붕뢰참을 깨트리고 만 것이다. 바로 팔열수라수의 절초, 중합격이었다.

정확히는 여러 개로 중첩되는 것을 넘어서 단 하나의 일점에 송곳처럼 위력이 집중된 무형의 권강이 붕뢰참의 빈틈을 절묘하게 파고든 것이다.

다소 충격적인 결과 앞에서도 마운기는 그다지 놀란 표정이 아니었다.

'그래, 그 정도는 되어야지.'

오히려 그는 한껏 미소를 머금은 채로 재차 직배도를 휘둘렀다.

이번에는 뇌정강기가 실리지 않은 순수한 일격이었다.

그러나 빨랐다.

마치 쾌(快)란 이런 것이다를 몸소 보여주는 듯한 빠른 도격은 너무나도 빨라서 이신조차 한순간 그 궤적을 놓쳐 버리고 말 정도였다.

뒤늦게 직배도가 자신의 목덜미까지 덮쳐오는 것을 본 이신은 발아래에 있던 영호검을 냅다 위로 걷어차 올렸다.

카아앙!!

도와 검이 부딪치면서 자아내는 마찰음에 순간 귀가 다 얼얼했다. 그러거나 말거나 마운기는 인상 하나 찌푸리지 않고 직배도를 사선으로 내리그었다.

벼락같이 빠르고 강맹한 공격!

반면 좀 전의 충돌로 영호검이 멀리 날아가 버린 터라 아직 이신의 수중에는 이렇다 할 병장기가 없었다.

그야말로 무방비 상태!

카캉!

하지만 이번에도 마운기의 도격은 허무하게 가로막히고 말았다. 어느새 이신의 앞을 버젓이 가로막은 채 허공에 두둥실 떠 있는 영호검 때문이었다.

마운기는 순간 어처구니없다는 표정을 지었다.

"허, 어검술……."

정말이지 기가 찰 노릇이었다.

누구는 한 번도 펼치기 힘든 검술의 최고 경지를 저리 아무렇지 않게 연달아 펼치다니.

심지어 이신은 지친 기색조차 보이지 않았다.

마운기는 살짝 질렸다는 표정을 지었다.

'허어, 저놈은 어미 뱃속에서부터 무공을 익히기라도 했단 말인가?'

그 모든 게 배화륜을 통한 내력의 배가 덕분이라는 것을 마운기가 알 리 없었다.

그가 알고 있는 이신의 정보는 대략적인 것일 뿐, 그가 무슨 무공을 사용하는지에 대해서까지는 전혀 모르고 있었으니까.

그렇게 시간이 흐를수록 마운기는 내심 초조해져 갔다.

조금 전 그가 붕뢰참을 펼친 이후로 뇌정강기를 거둔 채로 도법을 펼친 것은 다른 이유가 아니었다.

바로 내력이 소진되는 속도가 생각보다 빠르게 진행되었기 때문이다.

사실상 속도와 위력 면에서 누구도 따라올 자 없는 절세도법 뇌정도의 거의 유일하면서, 동시에 가장 치명적인 단점이었다.

마운기는 애써 초조함을 감추면서 슬쩍 주변을 둘러봤다.

잠깐 부딪친 것뿐인데 사방이 어느새 온통 쑥대밭으로 변해 있었다.

잘 닦여진 관도는 엉망진창인 데다 주변의 초목은 온통 뒤집어지고, 땅거죽도 여러 차례 파헤쳐졌다.

멀쩡한 곳은 찾으래야 찾을 수 없었다.

장내를 이리 만든 주 장본인은 자신이었지만, 그중 일부는 엄연히 이신의 힘에 의한 결과이기도 했다.

"괴물이 따로 없구… 으음!"

저도 모르게 머릿속의 생각이 입 밖으로 불쑥 튀어나오자 마운기는 순간 당황했지만, 이내 쓴웃음을 머금었다.

'후우, 그래. 인정할 건 인정하자. 놈의 실력은 진짜다. 설마 도신 외에 이토록 나를 놀라게 하는 자가 있을 줄이야.'

그가 세상에 태어나서 눈앞의 상대에게 감탄했던 적은 단 두 번뿐이었다.

첫 번째는 돌아가신 그의 사부님.

그가 영면에 들기 직전에 선보인 초식은 지금도 마운기의 뇌리에서 잊히지 않았다.

하지만 그것은 언젠가 자신도 세월이 흐르면 얼마든지 도달할 수 있는 경지라고 생각했기에 감탄할지언정 크게 충격까지 받지는 않았다.

그래도 존경하는 마음은 바뀌지 않았기에 사부가 남긴 유품을 평생 자신의 애병으로 삼았다. 그의 녹슨 직배도에는 그러한 사연이 있었다.

두 번째는 도신 탁무항.

그는 세상에 나와서 마운기가 처음으로 마주한 호적수이자 난생 처음 패배를 안겨준 자이기도 했다.

때문에 마운기에게 있어서 도신이란 이름은 언젠가 반드시 뛰어넘어야 할 벽이자 시련이었다. 그리고 오늘, 또 하나의 넘어서야 할 관문이 그의 앞에 나타났다.

이신을 바라보는 마운기의 눈빛이 이전보다 한층 심유해졌다.

"애송이, 아니 이신이라고 했던가? 내 너를 인정하겠다. 아니, 경의를 표하마. 그 어린 나이에 그 정도의 경지를 이루다니. 실로 대단해."

마운기의 말은 결코 빈말이 아니었다.

마운기가 이신의 나이에 기껏해야 절정을 넘어서 초절정 남짓한 정도에 그쳤던 것을 생각하면, 이신의 재능은 일반적인 상식을 한참 벗어난 수준이었다.

"하지만!"

외침과 함께 마운기의 눈동자부터 시작해서 전신에서 붉은 기운이 안개처럼 일렁였다.

그걸 본 이신이 흠칫 놀랐다.

'이 기운은?'

마운기가 오래전에 마도라고 불리는 것은 정사 구분 없이 잔혹한 손속을 펼쳤기 때문일 뿐, 실상 그가 익힌 무공은 패도지학에 가까운 정공이었다.

애당초 뇌기라는 것 자체가 내력이 정순하지 않으면 사용할 수 없는 기운 아닌가?

한데 지금 마운기의 몸에서 흘러나오는 시뻘건 기운, 그것은 분명 틀림없는 마기였다.

그것도 아주 사이하다 못해서 시전자의 정신조차 일순 지배할 수 있을 정도로 지독한 마기였다. 심지어 피비린내마저 느껴졌다.

이신이 놀라고 있는 가운데, 마운기가 마저 말을 끝맺었다.

"이제부턴 쉽지 않을 거다……!"

말을 마치는 마운기의 표정은 잔뜩 일그러져 있었다.

마치 몸 안에서 흘러나오는 붉은 기운을 스스로도 제어하기 어렵다는 듯이.

이에 이신은 깨달았다.

마운기, 우내삼신과 비견할 수 있을 정도의 실력을 가진 전대의 거마가 무엇 때문에 배교의 잔당과 손을 잡은 것인지를.

십대마공(十大魔功).

과거 그리 통칭되던 열 개의 마공이 있었다.

지금은 아는 자가 드물지만, 십대마공 하나하나는 실로 대단해서 한때 그 비급을 둘러싼 쟁탈전이 곳곳에서 심심찮게 벌어진 적도 있을 정도였다.

하지만 십대마공의 원류는 명확히 밝혀지지 않은 채 어느 순간 강호에서 홀연히 모습을 감춰버렸다.

그리고 몇 년 후, 새외의 한 집단이 단독으로 중원으로 침공해 왔다.

―혈교(血教).

세상을 피로 뒤덮어서 내세에 극락정토를 이룰 수 있다는 라마 혈승(血僧)의 가르침 아래 세워진 그곳에는 놀랍게도 사라진 줄 알았던 십대마공이 한데 모여져 있었다.

한꺼번에 모인 십대마공의 힘은 실로 경이로웠다.

혈교를 상징하는 혈강시가 세상에 모습을 드러낸 것도 그 쯤이었다.

그렇게 혈교가 중원을 침공한지 불과 반년도 안 되어서 중원의 삼분지 일에 달하는 세력이 전멸했다.

평원이나 들판에는 항상 시체가 들끓었고, 그로 인한 핏물은 강을 이룰 정도였다.

사실상 중원은 혈교에 완전히 패한 거나 진배없었다.

그대로 아무 일도 없었다면, 어쩌면 최초이자 마지막으로 인세의 지옥이나 마찬가지인 마도천하가 펼쳐질 수도 있었다.

다행히 그런 일이 일어나지 않은 것은 오직 단 한 명의 영웅 덕분이었다.

자신의 이름조차 제대로 밝히지 않은 그를 사람들은 임의로 성존(聖尊)이라고 불렀다.

그 위대한 영웅에 관한 기록은 너무나 적어서 자세히 전해지지 않지만, 유일하게 그때까지 무패를 자랑하는 혈교의 교주 혈승을 고작 일격에 꺾어버렸다는 사실만큼은 모두가 다 아는 사실이었다.

그것도 모자라서 성존은 혈교의 십대마공을 완전히 봉인해 버렸다.

그렇기에 지금에 와서 십대마공은 사람들의 뇌리에서 자연히 잊혔지만, 그에 관한 기록마저 완전히 다 사라진 것은 아니었다.

하물며 지금은 비록 몰락했지만, 엄연히 마교의 오대마종 중 하나인 염마종의 당대 종주인 이신이 그에 관한 정보를 모를 리 없었다.

때문에 붉은 그림자와 검붉은 전하가 한데 어지럽게 뒤섞인 마운기의 모습을 보는 순간, 자연스레 그 이름이 뇌리에 떠올랐다.

"혈염공(血炎功)?"

이신의 입에서 그 이름이 튀어나오자 순간 마운기의 표정이 굳어졌다.

하지만 그도 잠시, 곧 그는 일그러진 미소를 지으며 말했다.

"그래. 잘 알고 있군. 맞다. 이것이 바로 십대마공 중 하나인 혈염공이다!"

혈염공.

십대마공 중 하나이자 혈승이 가장 애용했다고 전해지는 마공.

피의 불꽃이라는 섬뜩한 명칭이 어디서 유래되었는지는 지금 마운기의 모습만 봐도 충분히 잘 알 수 있었다.

그만큼 혈염공은 외형적인 특징이 가장 눈에 띄는 마공이었지만, 대신 다른 십대마공이 가지고 있지 않은 하나의 장점이 있었다.

그건 바로 기존에 다른 심법을 따로 익히고 있다 해도 그것과 전혀 충돌하지 않고, 오히려 기존 심법과 어울려서 기하급수적으로 내력을 배가시킨다는 것이다.

그 묘용은 실로 대단해서 당시 혈승이 무림으로 출도했을 때, 그와 내력으로 붙어서 이긴 자는 성존 외에는 아무도 없었다.

혈염공의 출처 자체야 뻔했다.

필시 배교의 잔당이 어디선가 구해온 것이리라.

그들에게 그럴만한 능력이나 인재, 그리고 자본마저 충분했으니까. 문제는 어째서 그러한 혈염공을 마운기가 익혔냐는 사실이었다.

그는 우내삼신 중 도신에 버금가는 무인으로 손꼽였다.

굳이 고수인 그가 위험한 마공에 손대야 할 이유가 뭐란 말인가?

그런 의아함이 이신의 표정에서 드러난 듯 마운기는 이제까지 그 어느 때보다도 처연하게 웃으며 말했다.

"너는 아무리 노력해도 넘어설 수 없는 존재라는 것을 알고 있느냐?"

"……?"

갑자기 무슨 소리냐는 이신의 표정에 마운기는 칠흑 같은 밤하늘을 올려다보면서 말을 이었다.

"나에게 있어서 도신이 그랬다."

그 말을 시작으로 마운기는 넋두리를 하듯 지난날 자신의 과거를 하나둘 이야기하기 시작했다. 마치 언젠가 기회가 된다면 누군가에게 꼭 들려주고 싶었다는 것처럼.

* * *

도신 탁무항.

그는 처음으로 마운기에게 패배를 안겨준 자이자 평생을 다 바쳐서 마운기가 넘어서야 할 목표였다.

하지만 뇌정도문의 무공만으로는 그를 넘어서기란 요원하기 그지없었다.

뇌정도는 그 파괴력이나 속도는 감히 견줄 만한 무공을 찾기 어려울 만큼 빼어난 절학이었지만, 반면 초식을 펼칠 때마다 소진되는 내력의 양이 너무나도 막대했다.

기존 뇌정도문의 심법만으로는 빠르게 소진되는 내력을 뒷받침하기에 역부족이었다.

해서 마운기는 언제나 일격필살을 목적으로 한 단기전 외에 장기전에서 취약하다는 치명적인 결점을 떠안을 수밖에 없었다.

그렇기에 잠시 강호를 떠나서 미친 듯이 수련에만 매달렸지만, 성과는 너무나 저조했다.

근본적으로 뇌정도문의 무학이 지닌 한계를 넘어서기란 어려웠기 때문이다.

한계를 넘어선다는 말은 달리 보자면 뇌정도문의 무공을 완전히 틀부터 새로 바꿔야 한다는 소리와 마찬가지였으나, 그것은 일대종사에 속하는 무인에게도 어려운 일이었다.

그 사실을 깨닫고 나날이 절망과 분노로 피폐해지는 가운데, 마운기는 우연찮게 하나의 낡은 책자를 손에 넣게 되었다.

그것은 마운기조차 깜짝 놀랄 만큼 심오한 무리를 담고 있는 내공심법의 구결이었다.

얼핏 보면 도가나 불문의 경전처럼 보일 만큼 구결 하나하나가 심오했는데, 책자의 심법을 연구하면서 마운기는 저도 모르게 충동을 느꼈다.

책자의 심법을 익히고 싶다는 욕심!

더욱이 그것을 익힌다 한들 자신의 심법과 전혀 충돌하지 않는다는 사실과 그간 그를 가장 괴롭혔던 문제 역시 깔끔하게 해결할 수 있다는 것이 그의 욕심을 더욱 부추겼다.

—익혀야 한다! 이것만 익힌다면 도신을……!

그때부터 마운기는 스스로도 믿기지 않을 만큼 밤낮을 가리지 않고 심법 수련에만 광적으로 매달렸다.

그리고 그러한 광기의 성과일까?

마침내 손에 넣었다.

여태껏 하늘 위의 존재로만 보였던 도신을 꺾을 수 있는 힘을!

하지만 그것은 너무나도 치명적이고 가혹한 대가를 필요로 하는 금단의 힘이기도 했다.

그 사실을 깨달은 것은 심법을 수련하고 나서 처음으로 보름달을 마주한 날이었다. 휘영청 뜬 달을 보는 순간, 마운기는 지금껏 느껴본 적 없는 두통과 허기에 사로잡혔다.

이에 미친 듯이 날뛰었고 문득 정신을 차렸을 때, 그의 앞에는 처음 보는 소녀가 핏기 한 점 없는 창백한 몰골로 널브러져 있었다. 인근 화전촌에서 거주하는 화전민의 어린 딸이었다.

그리고 마운기의 가슴팍과 소매까지 가리지 않고 전신이 붉게 물들어져 있었다. 입안에 감도는 비릿한 혈향을 느끼는 순간, 마운기는 깨달았다.

자신이 익힌 게 도가나 불문과는 전혀 상관없는, 오히려 멀쩡한 사람을 하나의 악마로 전락하게 만드는 무서운 마공이라는 사실을.

그러나 이미 되돌릴 수 없는 비극이었다.

그가 익힌 심법, 혈염공은 한번 입문하면 제아무리 무공 자체를 전폐한다고 한들, 스스로 다시 부활해서 단전에 똬리를 틀어대는 무시무시한 생명력을 자랑했다.

더욱이 보름달이 뜨는 밤이면 한 치의 예외도 없이 마운기의 의식을 강제로 점거해서 그를 한낱 피에 굶주린 짐승으로 바꿔 버렸다.

처음에는 희생자가 어린 소녀 한 명에서 그쳤지만, 시간이

지나면 지날수록 희생자의 숫자는 기하급수적으로 늘어만 갔다.

이에 마운기는 다급해졌다. 어떻게든 방법을 찾아야만 했다. 이 지옥 같은 마공의 굴레에서 벗어날 수 있는 방법을!

그때 그들이 기다렸다는 듯 마운기에게 접근했다.

자신들이 세상의 이면을 지배하고 있다는, 흑월(黑月)이란 이름의 조직이 말이다.

*　　　*　　　*

"흑월?"

이신의 반문에 마운기는 이해한다는 표정으로 말했다.

"아마 한 번도 들어본 적 없을 것이다. 그들은 지극히 은밀하게 활동하니까. 나 또한 그때가 처음으로 그들에 대해서 알게 된 날이었지."

흑월이란 명칭도 그들의 은밀한 활동을 시사하고 있다고 덧붙이는 그의 말에 이신은 다른 생각에 빠졌다.

'진백이 속한 조직, 그들이 바로 흑월이란 곳이었군.'

단순히 배교의 잔당인 줄로만 알았는데, 버젓이 다른 이름으로 활동하고 있었을 줄이야.

어쨌든 의외의 장소에서 중요한 정보를 들었다는 사실에 이신은 내심 만족하면서, 이어지는 마운기의 말에 보다 귀 기울였다.

"그들은 나에게 말했다. 내가 익힌 것은 일부 구결이 빠진, 처음부터 불완전한 혈염공이었다고. 때문에 보름달이 뜰 때마다 내가 발작을 일으키는 것이라고 설명했지."

그의 말에 이신의 눈이 번뜩였다.

'놈들이다. 마도의 손에 불완전한 혈염공의 비급이 들어온 것부터가 놈들의 계략이었다!'

그렇지 않고서야 마운기가 익힌 게 불완전한 혈염공이라는 것과 그것을 그가 익혔다는 사실 자체를 대번에 알 수 있을 턱이 없었다.

그리고 마운기 역시 바보가 아니었다.

"나는 즉시 도를 뽑아서 그들을 공격했다. 모든 게 놈들의 음모라는 건 바보가 아닌 이상, 누구라도 다 알 수 있는 사실이었지. 한데 그쪽에서 의외의 제안을 던졌다."

"제안?"

"그래. 제안이었다. 그리고 나로서는 절대 뿌리칠 수 없는 유혹이기도 했지."

마운기는 잠시 말을 멈추었다.

그러고는 얼마간 침묵하더니 이내 침통한 얼굴로 말했다.

"그들은 혈염공의 부작용을 없애는 방법이 있다고 했다. 심지어 그 방법을 알려주기까지 한다고 했지."

"……."

이제야 좀 돌아가는 분위기를 대충 알 것 같았다.

마운기는 자신이 익힌 혈염공의 부작용을 없애주는 조건으로 그들에게 협력하기로 했을 것이다.

그럴 수밖에 없다.

혈염공의 부작용이 끔찍하긴 하지만, 그로 인해서 얻을 수 있는 이득이 너무나도 달콤했으니까.

거기다 그에게는 도신을 꺾어야 한다는 평생의 숙원이 있었으니 처음부터 흑월의 제안을 뿌리치기란 불가능했다고 봐야 했다.

실로 치밀하면서도 악랄한 수법이 아닐 수 없었다.

"이걸로 알았겠지? 내가 왜 이런 마공을 익히면서까지 그들에게 협조하는지를."

"……."

이신은 그의 말에 침묵으로 일관했다.

마운기의 선택에 대해서 뭐라고 비난하거나 욕하고 싶은 마음은 없었다.

어차피 이름난 무공 비급 하나만 나타나도 오래된 친구를 죽이거나 가족을 버리면서까지 차지하려고 드는 일이 빈번한 게 무림이란 곳이었으니까.

거기다 처음부터 마공이란 사실을 안 상태에서 익힌 것도 아니지 않은가. 그저 강해지기만 원했을 뿐인데, 남에게 철저히 이용당하는 그의 신세가 가련하고 애석할 따름이었다.

"자, 내 이야기는 여기서 끝이다. 넌 내가 갑자기 왜 이런 걸 이야기하는 건지 알고 있느냐?"

"모르오."

"후후후, 간단하다. 이건 한낱 변덕도 뭐도 아니다. 어차피 넌 오늘 이곳에서 죽을 테니까. 다름 아닌 나… 마운기의 손에 의해서 말이다!"

그 마지막 외침이 신호였다.

서로 겉돌기만 하던 붉은 기운과 검붉은 전하가 돌연 하나로 합쳐진 것은.

파지지지지직— 파지지직—!

이윽고 핏빛의 전하가 사방으로 미친 듯이 튀었고, 마운기는 직배도를 빠르게 휘둘렀다.

콰르르르르릉—!

세상을 온통 피바다로 만들 듯한 기세의 붉은 벼락의 소나기가 우렁찬 뇌성벽력을 동반한 채 사정없이 땅거죽을 때려대더니 순식간에 이신의 신형까지 덮쳤다.

한순간 멀쩡하던 이신의 몸이 새까만 숯덩어리로 화하면서 사라졌다.

일순 마운기의 입꼬리가 올라갔다가 곧 표정이 굳어졌다.

자신의 벼락이 스치고 지나간 것이 한낱 잔상에 지나지 않다는 걸 뒤늦게 깨달은 것이다.

진짜 이신은 어느덧 허공 한가운데서 영호검을 치켜든 채서 있었다. 영호검의 검신에는 찬란하다 못해서 눈부실 정도로 하얀 강기가 맹렬하게 불타고 있었다.

"당신에게 주는 내 마지막 작별 인사요."

나지막한 읊조림과 함께 높이 치켜들었던 영호검을 아래로 내리그으면서 이신은 마저 말을 마쳤다.

"백야(白夜)."

그리고 온 세상을 밝히는 새하얀 어둠이 찾아왔다.

『대무사』 4권에 계속…

십자성
허담 新무협 판타지 소설
FANTASTIC ORIENTAL HEROES
전왕의 검